KB113126

백야의 소문으로 영원히

백야의 소문으로 영원히

양안다 시집

민음의 시 252

민음사

하루에도 몇 번씩 마음이 떠올랐다가 가라앉았다

사람들 앞에서 웃으려 애쓰다 보니
마음을 감추는 데에 익숙해졌다

누가 안부를 물으면 모든 것이 괜찮다고 대답했다

집으로 돌아오면 죽은 듯이 누워 있었다
하염없이 낮과 밤이 지나갔다

사랑하는 사람과 죽이고 싶은 사람을 구별하기 시작했다

그러나 너는 나를 이해할 수 없다고 말했다

백야가 멈추지 않았다

2018년 10월
양안다

차례

1부
이해력

동행

걷고 걸어도 두 사람을 쫓는 악몽에서 벗어나지 못했다

글씨를 예쁘게 쓰려고 하다 보면 언젠가 꽃을 그리게 될
거라고 믿었지만

함께 걷는다는 건 어깨를 부딪치는 일일까

내 이름의 의미와 꽃말을 베껴 적으며

여름 꿈속에서
나를 닮은 아이와 나란히 걷고 있었다

누군가에게 뒤를 쫓기면서

이해력

이어폰을 나눠 낀다 하나의 장르로 서로를 구속하는 일

집 안에는 피아노 소리가 끊이지 않았다 엄마의 애창곡을 치는 것이 화분들을 잘 자라게 만들었다

골목은 달리고 있다 아이들의 뜀박질로 담벼락으로 혈관으로

멀리 가면 안 된다, 엄마들은 자식을 지평선 너머로 가지 못하게 한다 그곳이 위험하다고 말하면서

담쟁이넝쿨은 지겹게 담을 넘고 있다 이미 해바라기는 고개를 내밀고 있는데

골목은 계절마다 다른 곳에 그늘을 키웠다 아이들은 매번 다른 부위에 상처가 나면서 피를 적게 흘리는 법을 배웠다

애창곡은 달라지지 않았으므로 매일 같은 선율이 흘

렸다

함께 음악을 듣는 동안에는 멀리 갈 수 없다 골목이 나를 붙잡고 있었다

회전목마와 소년

웃고 있다고 좋은 일이 있는 건 아니다 가장 낡은 회전 목마는 가장 밝게 웃고 있었다 나무가 웃을 수 있다니 어쩐지 겁이 났다

여동생은 목마 대신 마차를 탄 채 빨리 달리라고, 말을 탄 내게 소리친다 목마는 더 빠르게 달리지 않았다 엉덩이를 때리거나 발을 굴러도

어느 것도 달라지지 않는다는 건 알고 있다

딱딱한 갈기를 쥐어뜯어도 말은 웃고만 있었다 나는 얼얼한 손가락을 부여잡고 동생에게, 미안해 미안해, 같은 곳을 돌며 같은 말을 반복했다

그래도 동생은 웃었다 회전목마를 타면 왜 웃기만 하는 걸까 발바닥이 자라면 빨리 달릴 수 있을 텐데 우리는 말을 타기 전보다 조금도 자라지 않았다

무엇이 무서워서 우리는 떠나는 것일까* 무엇이 나무를

달리게 하는지 알 수 없었지만 목마를 타면 웃어야 한다는
건 알고 있었다 우리보다 키 큰 사람들이 줄을 기다리면서
점점 작아지고 있었다 목마를 달리게 하는 방법을 알고 있
다는 듯이 웃으면서

* 박인환, 「목마와 숙녀」.

공원을 떠도는 개의 눈빛은 누가 기록하나

극장에서 옆을 보면 옆모습이 낯설다 관객들은 영화 보는 연기를 하는 중이다

스크린 속 개 한 마리가 누군가와 눈을 마주치고 사라진다

극장에선 조용히 해야 한다 팝콘과 콜라 사이를 반복적으로 움직일 것 저 관객은 누군가의 삶에서 주연일지 조연일지 고민을 하면서

공원을 무대로 개는 걷는다 공원에 버려진 개는 공원이 무대의 전부인 줄 알고 떠돌다 죽는다 누구도 버려진 개를 주연으로 생각하지 않는다 개는 묻는다, 공원 바깥에는 무엇이 있습니까 산처럼 쌓인 고깃덩어리를 당신이 직접 본 적 있습니까

카메라 렌즈가 인간의 눈을 본떠 만들었다면 배우의 삶을 어디까지 보여 줄 수 있을까 누구도 저 배우가 이 세계의 주연이라고 생각하지 않는다 배우는 스크린 너머로 벗어나지 못하고

오를레앙, 마르세유 같은 도시 이름을 외운다 가 본 적
없는 도시를 있다고 믿으면서

서로를 조연으로 인식하는
오직 주연만 모인 공원

극장에서 옆모습을 바라보고 있으면
낯선 얼굴 사이로 익숙한 얼굴과 눈이 마주친다

그곳

어디로 가는 거야?
그래 어디로 가고 있는 거야
나는 자주 물었고
왼팔을 쓰지 못하는 친구가 자주하는 대답이었다

공연을 보며 함께 박자를 맞추면 같은 시간 속에 녹아
들 수 있는 걸까
그들은 공연 볼 때만큼은 세상과 동떨어진 듯 보였는데

기타를 칠 수 없다는 건 불행한 일이라고
살 위로 비친 핏줄들을 만지면 과거에 작곡했던 노래가
들린다고

선로 위로 뛰어들었던 남자는 이제
방 안에 기타를 세워 놓고 닦는 일에 몰두했다
한때 멋진 기타였다는 걸 알리려는 듯이

나는 그것을 바라보고만 있던

지난날을 떠올리며

친구와 나는 계속해서 어디를 향해 가고 있었다 그곳이
어디인지도 모른 채

아직 연주가 끝나지 않았다는 듯이 멈추지 않았다 자신
의 전성기를 빛내는 일을, 빛나는 것을 바라보는 일을

알 수 없는 곳으로 걸어가는 일을

파란 핏줄이 뛰면 심장 소리가 들렸는데

그곳으로 가고 있다는 사실을 잊고 있었다
과거를 생각하는 일을 멈추지 않았다

우연오차

그때 덤프트럭에 치인 게 내가 아니라 왜 고양이였을까
그는 그저 죽은 고양이 옆에 동전 몇 개를 두고 왔을 뿐
이고

두 갈래 길에서 어느 쪽으로 가야 할지 생각하는 동안
그는 왜 세 갈래가 아니냐며 억울해했다

가끔은 그런 걸 고민할 때가 있다 그의 왼편과 오른편
중 어디에 서서 걸어야 할지
그에게 물어봤다면 그게 고민할 만한 거냐고 되물었겠
지만

식당에 가면 어디에 앉을지 망설였다 그래서 내가 앉은
곳은 항상 그의 건너편이었다

참지 못할 때마다 나를 벗어나는 것 같다고 말했을 때
그는 세상엔 용서 가능한 일이 너무 많다고 말했는데

쥐인지 참새인지 모를 납작한 사체를 향해 나이만큼 침

을 뻗던 날도 있었다 어제였거나 유년이었거나 십 년 뒤의
일이었고

　다른 나라에서 어떤 맹인이 귀를 잘랐다는 소식을 들었
다 맹인은 칼 대신 동전을 쥐고 있었을까

　같이 죽어 버리자고 만났으면서 왜 이런 얘기나 하고 있
는 걸까 둘 말고 아무도 없는 방이었고 밤이었는데
　아무것도 보이지 않았는데
　옆을 더듬어 그를 찾았다 그러자 그가 존재하기 시작
했다
　비로소 서로가 존재하고 있었다

가끔 도베르만

손,

과 앞발, 을 구분하기로 결심했다 나와 너의 차이를 알게 된 날이었고 너와 개의 차이가 문득 떠오르는 어느 놀이공원에서였다

너는 기르고 있다 신나거나 무서운 표정을

왜 사람들은 기다릴 때 이야기를 꺼내는 것일까 줄의 맨 끝에 서면 목줄을 매단 것처럼 답답했는데

그래 그 손으로 너는 아무도 때리지 않았다고 말했다
여섯 번째 비명이 들렸다

차이를 좋아해서 사람들은 서로 다른 옷을 입지만 우린 가끔 같은 옷을 입는다 그래도
놀이기구를 타며 비슷한 소리를 지를 거잖아?

이미 알고 있는 사실이 너무 많았다

우리 집은 개를 먹으면 그해에 술버릇으로 고생한다는 소리가 있어, 나는 믿지 않는데

너희 할아버지는 붕어 먹고 물에 빠져 죽었다는 이야기, 그 이야기는 아까 두 번째 비명 속에서 들었던 이야기지만

귀가 짧아서 이야기와 비명을 구분하지 못했다

놀이기구가 흔들리며 들어오자 너는 내게 손, 하며 손을 내민다 신난 얼굴로 무섭다고 말하면서

너의 첫 번째 비명이 들린다

Save The Best For Last*

이곳에 오면 차분해지지? 평화가 어떤 건지 알 거 같지?
옥상에서 네가 말한다 지평선 끝으로 사라지는 사람들을
보고 있었다 지평선 끝에서

나타나는 사람도 있었다 지평선은 시작과 끝의 지점, 그
렇게 단순하게 정의할 수 있는 것들이 세상에 얼마나 있을
까 얼마나 많을까 많을지도

많은지도 모른다 그렇게 모를 땐 지평선을 바라보기만
하는 것 모든 시작과 끝을 바라보는 것 때때로 너의 옆모
습을 바라보기도 하지만

옆을 바라보지 않아도 네가 있다는 걸 알 수 있다 너라
고 부를 수 있는 냄새와 그림자와 숨소리 속에서

백목련이

가지를 부러뜨리려는 듯이 흔들린다 목련은 다른 꽃들
과 다르게 북쪽으로 피어나대 바람을 바라보고 있는 거래,
나는 왜 이런 말을 하는지 모르고

그랬구나 어쩐지…… 너는 말을 잇지 않는다 네가 왜 말
을 하지 않는지 모르는 초조함 속에서 나는 손가락 살을

뜯어 먹었다 내가

　나를 먹는 장면이 생겨도 너의 평화는 지속되고, 백목련이 흔들리고, 백목련이 백목련을 잡아먹으려는 듯이. 저무는 햇빛에 백목련은 가끔 자목련이 되고

　그러면 이제 자목련을 뭐라고 불러야 하나 평화 없는 너를 뭐라고 부르게 될까 있잖아 나 사실 평화 같은 건 잘 모르겠어 시작도 모르겠고 모든

　마지막이 자꾸 떠올라 마지막이 떠오르면 내게 중요한 사람도 연이어 떠오르고…… 나는 왜 이런 말을 잇는지 모르고

　마지막,

　그게 그렇게 중요해? 너는 말한다 나의 불안이 사소해지는 동안

　옥상과 지평선이 각자의 평화를 지속하고 있었다

* Vanessa Williams.

밝은 성

너와 미래를 이야기한다는 것 우리는 언제나 밤에 대화를 나누었지만 미래를 떠올리면 어둠보다 환한 빛이 떠오르지 과거라는 게 존재하지 않는다는 듯이 침대에 누운 채 눈을 감거나 서로의 눈을 감겨 주겠지 서로의 미래가 놀랍도록 닮았다는 걸 알게 되면 나는 너에게서 어떤 슬픔이 무너져 내리는 것을 보고 너도 나에게서 같은 것을 보게 될 거야 네가 바다를 보고 싶다고 말하면 나는 너의 귓가에 속삭이고 잔잔한 파도 소리, 따갑지 않은 햇빛, 움켜쥔 주먹 사이로 흘러내리는 모래알 너는 해변에 무언가를 적겠지만 내게 보여 주지 않고 우리는 음악에 가까워지겠지 어쩌면 필름이 더 잘 어울릴지도 모르지만 무엇으로든 불려도 좋을 거야 이름을 잃고, 장르를 잃고, 목소리를 잃고, 끝내 마음을 잃었다는 착각을 하게 될 거야 서로의 착각이 놀랍도록 같다는 걸 알게 되었을 때 우리는 무너지는 모래성을 바라보고 갑작스럽게 증발하는 바다, 해변이 좁아지고 좁아지고 좁아지다가 고개를 세차게 흔들고 나면 해변이 아니라 너의 두 팔에 안겨 있겠지 영원토록 한낮 속에 머물지 못하고, 해변이 끝나고, 음악이 멈추고, 영화가 끝난다면 밤이라는 걸 깨닫고 우리는 죽어 있을 시간보다 살아 있을 시간이 더 오래되길 바랄 거야 슬픔을 감각할 수도 없이 너무 늦은 건 아닌지 골몰하게 될 거야 만약 우리, 미래가 다가오기 전에 마음을 겹칠 수 있다면, 우리가 같은 장르로 묶인다면, 서로의 이름을 소리 내어 불러 본다면, 그때서야 나는 네가 모래 위에 적었던 문장이 무엇인지 알게 되겠지 안녕, 너는 그곳이 미래인 줄도 모르고 내게 인사를 건네겠지 빛으로 축조된 성, 그 한가운데에 서서

알렙들

해변의 끝에서 끝까지
지겹도록 걸었다 해변은 생각보다 길었고 우리는 생각보다 오래 걸을 수 있었다

이국에서 편지가 왔어
타일랜드, 라는 단어를 들었을 때 나는 그 나라가 어딘지 명확히 떠오르지 않았지만 덥고 습한 느낌이 들었다

여기는 사진 찍는 사람이 많구나 눈길 닿는 곳마다 아름다워지려 하나 봐

아까 점술가는 너보고 예술가라고 말했다 너는 너의 운명에 대해 비관적이었지만
나는 기뻤다 이것 봐 네 발목이 빛나고 있잖아 그러니까

우리 이곳에서 오래 발목을 담그기로 하자 누군가에겐 피사체가 될 수 있도록

네 어깨 뒤로 해안선이 빛나고 있었다

이곳은 지구의 어깨쯤일까 그러기엔 해변은 너무 좁을지도 모르고 우리는 너무 작을지도 몰라

몇 명의 외국인과 길어지는 그림자, 돌 몇 개가 물에 빠지는 소리가 들렸고 웃음과 고민, 정적 같은 것들이 물결과 함께 밀려들었다가 빠져나가길 반복했다 물이 빠져나간 자리에 발가락만 적시는 파도를 바라보면서 생각했다, 모래 위에 적은 이름들은 당분간 사라지지 않아도 되겠다 물에 빠질 운명이라면 분명 비극일 텐데……

너는 젖은 모래를 움켜쥐며 깨진 유리 같다고 말했다 내 생각과는 다르게 이름들이 반짝일 거라고 말해서

혼란이 아닌 혼란이 이어졌다

저 늙은 여인은 왜 울기만 하는 걸까

네가 물었을 때 나는 그 노파가 너를 닮았다고 생각했다 나중에 네가 늙으면 저렇게 울 것 같다고, 약을 먹고 손을 떨면서 울 것 같았는데

어째서일까

모래에 발을 박은 네가 나무처럼 보이자 나는 네 발이
무척 아플 거라고 느꼈다 잎을 피우기 위해 잎을 버리는
나무의 계절을 떠올리면서 치유가 아닌 치유가 계속되었다
나는 어느 곳도 다치지 않았는데

사람들은 계속 사진을 찍고 있었다
왜 가끔 해변에 가고 싶어지는 걸까 무슨 이유로 이것을
아름답다고 부르는 거지?

나는 네 손을 붙잡았다 네가 내일의 너를 고민할 때 손
을 떨까 봐
해가 저물면 어깨는 어둡겠지만 발목은 빛나고 있었다고

여긴 아직 덥지도 않고 습하지도 않았다
사람들은 바다의 습관과는 무관하게 떠나거나 찾아오고

밤이 되면 밤의 피사체를 찍겠지만

그만 돌아갈까, 너는 말했고

나는 한국어를 배우는 태국인처럼 적절한 대답을 고르
기 시작했다

평행진입

죽은 적 있지?

네가 의자를 만지며 말해서 의자를 죽은 나무로 여기는구나, 생각했다

이 방은 서향의 창문

저녁의 햇볕으로 떠도는 먼지가 보이기도 하고 눈이 부실 땐 눈 안의 세포가 공중을 날아다니기도 하지

그것이 너로 하여금 이 방을 사랑하게 만들고

함께 고개를 꾸벅거리며 나는 네 말에 동의를 표하고

너는 졸음을 견디고

바닥을 어지럽혀서 바닥이 보이지 않게 되면

서로가 서로의 더럽고 지저분한 과거를 알아야 할 인과가 사라지고, 그래도 너만은 내 과거가 더럽다고 말해 줬으면 좋겠다 나의 한때가 너에게 질척거리는 시간이기를 바라며……

새가 날아다녀

이틀이나 잠들지 못해서 눈앞이 조금씩 번진다고, 네가 그렇게 말해서 나는 네가 잘못 봤을 거라고 혹은 잠깐 조는 사이에 꿈을 꾼 거라고 생각했다

"한 번도 최면에 빠져 본 적이 없는데 나는 언젠가 꼭 너였던 적이 있었던 것 같아. 그리고 나는 너의 어머니가, 나는 네 미래의 배우자가 그리고 너도 내가

되어 본 적이 있었다는 듯이

네가 이해되기도 하고

이 말을 듣는 너의 기분을 이해하고

이 말을 하는 나의 기분을 너도 이해할 수 있을 거고

너의 이해와 나의 이해가 겹치면

나는 네가, 너도 내가, 그런 게 가능할 것만도 같은데

유년의 너도 먼지 위의 세계와 세계를 비행하는 새를 보고

울 때마다 조금씩 번지는 눈가로 눈의 세포가 아니라 공기 입자를 봤을 건데, 그렇지?"

나는 고개를 끄덕거리며 너의 생각을 견디고

무슨 생각해?

네가 물으면 별생각을 하지 않아도 별생각이라도 한 것
처럼 대답할 것이다
너처럼 졸기도 하겠지만
너의 눈 속에서 대답하는 나를 바라보면서

축하해 너의 생일을

너는 꿈을 꿨다

더 이상 내가 너를 바라보지 않고

우리는 서로의 손을 오래 잡지 못하거나

혹은 남들과 그러면 안 된다는 말을 하지 않게 되거나

너를 좋아했던 남자들에 대한 이야기

그리고 남자들이 너를 왜 힘들게 했고

네가 죽고 싶을 때마다

그 마음을 숨긴 채 노래 가사를 적었다는

그런 이야기를 나눌 수 없는 꿈에 대해 말한 그때

어쩌면

우리는 서로의 손을 오래 잡을 수도

걷는 동안 서로의 보폭에 주의를 기울이고

내가 죽고 싶을 때마다

그 마음을 숨긴 채 너에게 시를 읽어 주거나

나를 좋아했던 한 여자에 대한 이야기

그리고 그 여자가 나를 얼마만큼 이해했고

나는 그 여자를 생각하며 어떤 시를 썼다는

그런 이야기를 나누는 꿈을 꿀 수도 있겠다고 생각했

지만

너는 그러지 않은 꿈을 꿨다고 말했다

사람들이 많이 지나다니는 거리에서였고

너는 이어폰을 꺼내며 나의 귀에 꽂고

아무런 주저 없이 음악을 틀었지만

나는 그때서야 내 생일인 걸 알았지

이 음악을 들으면 특별한 사람이 되는 것만 같다고

너는 말했지만

이 거리의 순간에 서서

네가 나한테 음악을 들려주고

선물을 건네고 생일 축하해요, 말하고

축하 노래를 부르며 내 이름 앞에 사랑하는, 수식하는 것이

나를 특별한 사람으로 만들고 있었다

너는 꿈을 꿨다고 말했다

언젠가 네가 지나간 꿈이 아닌 꿈으로 특별해질 수 있다면

나는 너의 꿈이 되겠다고, 죽고 싶지 않은 이유가 되거나

죽고 싶을 때는 꿈속에서 오랫동안 다른 세계에 머물고

네가 적는 가사의 일부가 되겠다고

그런 생각을 하는 동안 음악이 계속 흐르는데

우리는 이 사람 가득한 거리에서 제외된 유일한 악몽이

었다

2부
저항력

백야의 소문으로 영원히

해변에서 부서지는 것들을 바라본다
포말과 어두운 하늘, 쏟아져 내리다가
백사장에 닿아서야 갈라지는 빗방울

너에게 고백하고 싶은 것이 있어

이름 모를 정서가 가슴 한편에서 밝아지는 게 느껴질 때
면 어느새 밤이야 파문이 커지면 커질수록 악기를 쥐고 음
악을 만드는 밤이 있지 창문은 하루 종일 물결치는 장면
을 상영 중이야 해변의 성당은 허물어지고 신도들은 날마
다 죄를 짓고 있지 두 손을 모으려고, 신을 찾아 더듬거리
려고, 맞아 부풀어 오르는 밤이야 아무렇지 않은 척 말해
도 견디기 힘들 때가 있어 너는 이런 날

이해할까

우산이 필요하겠어 풍향을 알 수 없으니

해변 위로 파도를 그린다

언제든 밑바닥에 가라앉을 수 있도록
나의 기일과 너의 생일을 한 문장으로 요약한다면

인간은 대단해 없던 일을 존재하게 만드니
입 밖으로 감탄사만 쏟아져 나와서
있는 힘껏 박수만 쳤어

짐승들이 동시에 울부짖기 시작해
물고기들이 뻐끔대고 수면 위로 기포가 올라와
우린 숨을 죽이지 우리는 무한한 마음을
숨기고 죽였지 우리는
숨을 멈추고

달과 태양이 몸을 겹치기 시작한다

눈물자국을 가리려 안경을 씌어 주던 사람두 있었지 인
간들이 집단적인 난청을 일으켜 모든 소문이 되살아났으면
좋겠어 신은 의심을 확신으로 오독하도록 분노를 만들었잖
아 누군가의 꿈속을 향해 전력으로 질주하고 싶다 꿈과 현

실의 경계에 부딪쳐 온몸이 조각날 수 있다면, 조각난 채
로 그의 꿈속에 스며들 수 있다면…… 하지만 여전히

밤이 끝나지 않는다

너는 내 손을 잡고 있다 우리는

크게 호흡한다
이제 우산을 펼쳐야 한다

야행

텅 빈 마음으로 공원을 바라봤다 밤과 추위가 사람들을
지웠지만 공원은 밤과 추위로 가득 차 있었다

경비원도 없는 밤인데 빈 경비실은 빛나고 있었다 추워
서 발끝만 보고 걸었고 어두워서 발끝이 빛나는 걸 보려
고 높은 곳을 찾아 걸었다

너는 계속 입김을 뱉으며 바람이 어는 중이라고 말했다
나는 어둠이 어는 거라고 말했지만 증명할 수 없었다

높은 곳에도 빛은 없었다 굶주린 짐승이 입을 벌리듯
너는 두 눈을 크게 떴다 어쩌다 빛을 보려고 여기까지 온
걸까

이곳은 수달이 헤엄치는 곳입니다, 푯말이 있었지만 수
달은 보이지 않았다 이곳에 밤이랑 추위만 있나 봐 이것은
알려고 너무 멀리 와 버렸어

네가 그런 말을 할 때 취객처럼 버스가 오고 있었다 너

의 눈보다 빛나는 전조등이 우리를 비췄다 심장에서 먼 곳
부터 환해지기 시작했다

결국 모두가 3인칭

나도 모르게 쪽잠에 빠지기도 했다
소년들이 골목을 뛰어다니고 네가 두 무릎을 끌어안으면 문득 심장이 뛴다는 게 낯설어지지

우리는 바닥에 떨어뜨린 형형색색 알약들, 악보 없는 피아노 연주, 비 온 뒤의 냄새
모두 적고 녹음하고 촬영하고 그리기를 반복한다

개의 이름을 '개'라고 붙인 걸 알게 되면
사람들에게 경멸의 눈빛을 받게 되는 걸까

우리는 세상 사람들이 모를 비밀을 공유하면서
사실 나, 어제까지 널 사랑했던 건지도 몰라
서로가 입던 옷을 서로에게 입혀 주고
눈물 모양 귀걸이, 테니스스커트, 니삭스, 너의 단발을 만지면서

네가 잠들 때마다 달이 떠오른다

만국의 언어를 하나로 통일할 수 있는 새로운 언어가 있을 거야 그런 언어를 찾으려고 아이들은 제멋대로 세계를 돌아다니겠지 각 나라의 인사말과 사랑한다는 말을 잔뜩 주워 모아서, 안녕, 폼락쿤, 떼아모, 굿바이…… 일기장에 적고 바라보겠지

여러 종의 꽃이 한순간에 피어나고

귓불에 핏방울이 맺힌다

온 바닥에 사탕을 어질러 놓고, 그럼 우린 웃게 될까

아직도 소년들이 뛰고 있다 잠든 너의 실루엣을 바라보다가 눈이 멀어도 괜찮겠지 눈을 감기 전 마지막으로 너를 바라보면

어둠 속에서 너의 얼굴만 영원하게 되고

달은 저물지 않고 사라진다

우리는 우리를 부정하고 있었던 걸까

새벽의 한가운데에서 나는 심장 소리와 소년들의 뜀박

질 소리를 혼동한다
　네가 기약 없는 슬픔에 대해 적으면
　나는 너의 그 모습을 녹음하고 촬영하고 그리겠지만

　우린 우리가 만든 기록물 속에 갇혀 슬픔만 느끼게 될
거야
　죽지 않고 죽음에 빠지게 될 거야
　마술보다 환각에 가까운 눈물을 기다리는 동안

　막다른 길에 도달한 아이들은 자신과 같은 마음의 타인
이 없어서
　꽃 한 송이씩 꺾을 때마다
　안녕, 폼락쿤, 떼아모, 굿바이……
　꿈인 줄도 모른 채 죽은 꽃에게 이름을 붙여 주겠지

파수꾼

어느 날 그 애가 고백했다, 저는 절 지킬 수가 없어요 자제를 할 줄 몰라요

앉아 있는 이 계단이 나선형이었으면 좋을 뻔했다고 생각했다

창문 밖으로 사람들에게 얻어맞는 여자가 보였다 사람이 사람을 뒤엎고 있었다

나는 그게 무슨 뜻이냐고 물었다 무슨 뜻인지 모르니까 무슨 말도 할 수 없었다

사랑은 그 사람을 제외한 모든 것을 배제하는 거라는 말을 들은 적이 있는데

계단이 계단을 오르고 있었다 어둠은 어둠을 올라타며 어두워지는 걸까

그 애는 스스로도 그 고백을 왜 했는지 모르겠다고 했

다 그런 마음도 있다고 했다

사람들이 사라지자 여자는 그 자리에 누워만 있었고

모든 목소리 뒤에 다른 목소리가 뒤따랐다 계단이 흔들리는 것처럼

창문이 작았으면 좋을 뻔했다고 생각했다 여자가 날 쳐다본다는 느낌이 드는 건 왜일까

흔들리는 건 계단이 아니었다 그것을 잘 알고 있어서 그 애를 쳐다볼 수 없었다

폭력은 순간의 극단이며 대상을 제외한 모든 걸 배제하는 것일까

그 애의 입장에서 나를 조금만 훔쳐보고 싶었다

계단의 폭이 좁았으면 좋을 뻔했다고 생각했다 어느 것

도 흔들리지 않았으면 좋겠다고 생각했다

　여자는 사라지고 없었다 어떤 일도 일어난 적 없다는
듯이

　이유 없이 그 애를 안았다 그 애의 숨소리가 들리는데
그 애가 보이지 않았다

도마뱀과 방울토마토

꼭 맥주잔 같지 비우고 채우고 비우면 채우고…… 머리를 이리저리 흔들면서, 눈꺼풀을 떨면서, 지금 너는 너를 흔드는지도 모르고

이기적이었던 적이 있었어? 내 질문이 이기적이라는 사실도 모른 채 너는
그런 건 모르겠어, 이기적인 대답을 하고

좋겠다 모르는 게 많아서……

뭐라고 했어? 네가 물어서
저번엔 네가 나오지 않는 꿈을 꿨어 세희, 지희, 은희, 그런 이름들을 말하고

방울토마토가 식탁 위를 가로지르며 굴러갔다

식물학적으로 과일인데 식탁에선 채소래
사실 무슨 말을 하는지 모르겠어 나도

누군가가 떠나면 다른 이를 만나게 된다는 말, 사실 반대일 수도 있지 않을까

지금 너를 만나서 누가 떠나간 건지……

도마뱀 꼬리는 다시 자라지

반으로 잘린 지렁이처럼 한때 자신이었던 타인에게 입을 맞춘다면,

그게 가능하다면 사랑이 무엇인지 모르겠어

모르는구나 좋아하는 게 많아서……

그나저나 방울토마토는 토마토가 아니지?

눈이 마주쳤다

웃었다 포크로 내리찍고 싶은 마음속에서 아무렇지 않은 듯이

여진

비가 내리면 창문은 쉽게 울고 있다 아무도 기웃거리지 않는 복도를 지나는 동안 젖은 발자국이 우리를 뒤쫓고 있었다

방금 아이들이 사라진 것 같은 교실에서 우리가 할 수 있는 일은 음악을 끄고 빗소리를 듣는 것이었다 그리고 아무 말도 하지 않는 것

불안은 혼자 느끼는 것이다 함께 느낀다면 그것은 징조였고 징조의 결과는 침묵이었다 너의 손목이 평소보다 더 야위어 보이는 어두운 교실

너는 누군가 중얼거리는 소리를 들었다고 했고 나는 그게 빗소리라고 말하며 창문을 가리켰다 창 위로 비가 쏟아지는데 저 입김은 누가 남기고 간 것일까

아무것도 하지 않는다면 아무 일도 일어나지 않는다고 믿었던 걸까 항상 문제는 외부에서 스며들어 내부를 물들이고 흔들었는데

너의 손목 위에선 초침이 거꾸로 돌고 있었다 그것은 어젯밤 꿈이거나 현재의 환상이었다 시계는 거꾸로 찬다고 거꾸로 돌지 않으니까

나는 이 모든 상황을 이해하지 못한 척했다 괜찮을 거라고, 빗소리에 목소리를 섞으며 말했다 너는 어깨를 살짝 떨고 있었다 나는 이미 세계가 사라진 것처럼 울고 싶었지만

너의 어깨를 잡자 너의 흔들림이 내 눈앞을 흔들었다 교실이 흔들리기 시작했다 흘러내리는 비의 꼬리를 따라 창문에 금이 가고 있었다

쪽잠

신음이 멈추지 않아서 깨웠다고, 네가 나를 내려다본다

아직도 꿈속이구나, 그렇게 생각할 수 있으면 꿈이 아니라는데

어젯밤에 깨진 화분이 온전히 있었다

축축한 이불을 널어 말리는 동안 이번엔 네가 잠을 청하고

왜 그렇게 웃었어 왜 그런 빛과 유연함을 보였어, 꿈에서도 물어본 적 없었다

너의 머리맡에 적다 만 편지가 있었다, '악공이 사라진 자리에 음악 대신 음악을 기억하는 사람들이 남아 있었어요.'

나도 모르게 너의 얼굴이 흐려지길 기다렸던 건지도 모르지만

어젯밤에는 초원에서 나무 한 그루가 시들어 죽는 꿈을
꾸었다

너는 잠결에 내가 알지 못하는 이름을 중얼거렸다 나는
너를 따라 모르는 이름을 중얼거렸다

유독 선명하게 보인다는 건 사랑해선 안 되는 것

무섭고 무더운 꿈

If we live together

외출했을 때 사방으로 건물들이 붕괴되어 있었다

징조도 없이

네가 물병을 엎질렀을 때 사실 나는 전부 쏟아지길 바
랐지만

어느 노인이 무너진 자재를 쓰다듬고 있었다 눈먼 자식
을 오래 어루만지듯이

숨을 몰아쉴 때면
마음 어딘가를 바늘로 깊게 찌른 것 같고

익숙해 우리가 엉켜 있는 방식
사랑 꿈을 꾸는 자세

자고 또 자도 졸음이 쏟아지지

멈추지 않길 바랐다 우리의 속도, 방향과 입체감이 하나

의 소실점으로 향할 때

　오늘의 개는 오늘의 차도 위에 죽어 있고 내일의 개는 내일의 차도 위에 죽어 있는데 우리는 언제 어디에서 죽게 될지 알 수 없고 바깥은 계속 무너져 내려

　너의 잠꼬대는 꿈속에서도 사랑을 찾아 헤매서

　우리는 끝없이 소모한다 영혼이 펼쳐 놓는 장면들

　그런 생각이 들었어 네가 나에게 물었을 때, 내가 나 자신을 얼마나 사랑할 수 있냐고, 이해하고 감당할 수 있냐는 질문에 내가 떠올린 건 포옹이 아닌 두 직선의 교차였지 창문을 투과한 빛과 빛이 서로를 향해 뻗어 가듯이, 나의 그림자가 너에게 기대어 있는데 네가 떠올린 것은 무엇이었을까 이윽고 이 시간이 얼마나 지속될 수 있는지, 공간은 우리의 내면에서 어디까지 아득해지는지 의문이 들었지 가능할까? 노인은 자신의 과거를 더듬는 것으로 슬픔을 녹이고 있다 우린 항상 죽을 만큼 쉬고 나서 사랑할 것을

서약하잖아 이해, 이해, 몰이해, 오해와 오해가 만나면 마음은 어디로 향하는 걸까 언제, 어디서, 어떻게, 그리고 또, 또……

네가 짖지 않는 개를 키우고 싶다고,
나의 침묵을 기르고 싶다고 한 이유

잠든 너의 사진을 보면 너는 계속 죽어 있다

우리의 아버지와 어머니가 그랬듯이
우리도 언젠가 아버지와 어머니가 된다면

빛과 빛이 교차할 때
빛과 빛의 교차점에는 또 다른 빛과 빛
그리고

침묵은 어둠과 유사하다는데
어둠 속에 얽힌 요란한 손들을 봐

부풀어 점점

부푸는 것이 계속 부풀어

너의 실루엣

나의 침묵

그리고

그리고

우리가 원하던 것,

이젠 무엇이라 부를까

춤과 운명

혹은 분노, 그러나 건물은 계속 무너지고 있었다

워터프루프

어느 곳에서나 쓰러지던 여자, 위악을 사랑하던 여자, 그리고 자신이 아픈 데가 없다고 믿던 여자를 지나 이곳에 도착했다 무작위성의 세계에서 죽음을 동경하는 연인이 등장하는 소설을 읽었다 이제 어디로 가야 하는지 너는 알겠지, 엘리는 대답하지 않았다

모든 과정을 숨기려 했을 뿐인데
초의 입장에서 흔들린다는 건 향을 풀어놓는 일이었다 희극이 떠나고 나면 비극이 찾아오는데 왜 반대의 경우는 없는 걸까 그런 생각을 하니까 손이 떨린다

부서졌으면 좋겠다 너의 목소리와 표정, 마음이 동 시간에
고요하게

*

너는 연주할 줄도 모르는 기타를 끌어안고 줄을 튕겨 댄다 기타는 품에서만 연주되는 이유를 너는 알고 있을까 너

의 길고 흰 손가락이 펼쳐지는 걸 보면 나는 프리즘이 떠오르고 미래가 아득하게 멀어져서 호흡이 가빠졌다

문득 멀리 떠나고 싶은 충동은 왜 드는 걸까 그럴 때마다 나는 바다를 떠올리고 왜 산이나 도시면 안 되는지, 밤바다의 풍경에는 폭죽이 터지는지, 두 남녀가 손을 잡고 오래 걷는 장면이 왜 떠오르는지도 알 수 없이 네가 하는 말을 옮겨 적는다, 의문이 든다면 그것에는 분명 이유가 있는 법이야

지하철에서 유리창 위로 어느 남자가 게걸스럽게 생가지를 씹어 먹는 걸 보았어 주변을 의식하지 않아서 나는 그 남자가 나에게만 보이는 존재가 아닐까 생각했지 이상하잖아 그런 장면, 이윽고 지하철이 덜컹거렸을 때 남자는 가지를 온통 토해 버렸다

물들기 시작한다 보라색으로
창문이 빛으로 빛이 빛으로 하염없이 빛으로……

나는 하고 싶은 말을 책의 구절로 돌려 말하고 너는 노래를 부른다 우리는 모두가 잠들었다고 믿는 시간에 만나 모두가 깨어났다고 믿는 시간에 헤어진다

알고 싶었다

너라는 근사치를

불가능한 이야기지만

초가 이 세상 산소를 모두 연소시켜도 나쁘지 않겠지

장마철이었다 소녀는 매일 같은 음악을 듣고 같은 책을 읽었다 소녀는 방 안에서 내리는 빗물들을 바라보았다 아래에는 사람들이 몰려서 수군거리고 있었다 소녀는 피에 흥건히 젖은 채 들것에 실려 가는 남자를 볼 수 있었다 엘리, 엘리! 남자는 소녀가 보인다는 듯이 창문을 가리키며 소리쳤다

네가 나를 단 한 번도 부른 적 없다고 생각하지 않았어 네가 죽었으면 좋겠어 꼭 그러길 바랄게, 떨리는 너의 목과 성대

햇빛을 향해 손차양을 만들면 빛이 갈라진다

우리는 각자에게 어울리는 그늘을 가지고 눈을 가늘게
뜬다

빛의 굴절에 대해 생각했다

유성우를 보러 나간 날, 그런데 별은 하나도 떨어지지
않고 컴컴한 하늘만 바라보다 집으로 돌아오게 되었지 누
가 별자리에 이름 따위를 붙인 걸까 공원의 가로등이 그림
자를 여러 개로 갈라놓는 밤

비가 내리면 창문 위로 빗방울이 달려들고 그 위로 또
다른 빗방울이 달려든다 서로 몸을 합치고 합치다가 이내
흩어진다 빗방울은 흘러내리다 어느 순간 멈추더니 사라진
다 목적지에 도착했다는 듯이

마음이라는 것이 있다는 게 슬프다

언젠가 너에게 슬프다는 말을 하지 말라고 그랬지 그런데도 내가 자꾸 그랬어

자꾸 그러는 것이 마음이라고 여겼어

어느 날은 한여름이었다 함께 걸었지만 너는 걸음이 빠른 사람, 멀어지는 뒷모습을 부르자 네가 뒤돌아서고

너 왜 젖어 있어? 네가 말했다 아니 엘리가 말했다

장미 성운

우리가 빛과 빛 사이에 놓여 있을 때

이곳이 어디인지 잠시 잊고 그 사실이 불편하지 않다면

너는 종소리를 들었다고 말한다 나는 부유하는 먼지를
바라보는데

우리의 일부가 끝없이 확산되는 시간

붉은 병이 깨지자 주변이 온통 꽃밭이었다

손목을 그으려고 했어, 그런 말을 쉽게 하게 되고

폭우 속에서 걷는 연인을 바라보며 그들의 대화를 상상
해 보는 일

그러나 우리는 우리가 어디로 가는지도 모르고
그저 휩쓸리고 있다고

우리가 어둠 속에 놓여 있을 때

언젠가 들었던 예언을 떠올리며 서로를 미리 증오하고

너는 눈이 내린다고 말한다 나는 파도 소리를 듣고 있는데

풍선을 삼키고 그냥 터져 버렸으면 좋겠어 그때도 날 보러 와 줄래?

춥고 어둡다며 네가 울먹였을 때 나는 불과 빛 중 무엇이 우리에게 절실한지 고민했다

한 권의 일기장을 함께 채워 나가면 좋겠다 각자의 과거를 서로 대필해 주며

진득한 액체가 발끝을 적신다, 널 위해 짧은 소원을 빌어 줄까

멍든 부위마다 꽃을 그려 주겠다며 네가 파스텔을 집어
들 때

창문 밖으로 섬광이 번쩍인다 나는 온몸이 뜨거워지는
것을 느끼는데

너는 이곳에 불이 어디 있느냐고 묻는다
네가 불 속에 있었기 때문에

부재

그네는 흔들린다 그네는 흔들리는 것, 그네를 그렇게 이해했다 누구든 붙잡을 때까지

아이들은 무너질 걸 알면서도 모래성을 쌓는다 짓는 중에 자꾸 깎이는 모래성을 쌓는 동안 아무도 타지 않은 그네가 흔들리고 있다

그네는 흔들리지 않는다
아무도 타지 않았으니까

가로등이 하나둘씩 켜지면 아이들은 사라지고
아이들이 없는 놀이터가 있다 놀이터답지 않은 모습으로 모래성을 지키고 있다 누구든 모래성을 밟을 테지만
아직 쓰러지지 않고 있다 곧 모래가 모래를 밀어내겠지만

그네가 흔들릴 때마다 바람이 불 때가 있다 누군가 바느질을 하다만 듯이 켜진 가로등이 저녁을 흔들고 있다

어둠 속에서 그네가 보이지 않는다 그네는 없다 그네는
있다

저항력

구겨 신은 신발을 질질 끌며 네가 걷는다
초조함을 옮기고 있다

놀이터엔 길고양이들이 어슬렁거리고 있었다

너는 벤치에 앉아 울기 시작했다 아무 말도 안 하면서
왜 떨고 있는 거지? 새벽은 춥지 추워서 너는 떨고 있는
것 같아

고양이의 언어로 고양이를 불렀다 길고양이는 사람을 따
르지 않을 텐데
한 마리가 다가왔다 고양이의 몸짓으로 걸으며

너는 손이 차갑구나
손이 차가워서 그랬구나 그래서 우린 손을 잡았고 그래
서 우리가 여기 앉아 있지 그래서 너는 이렇게 울고 있어

나는 신발을 구겨 신지 않았는데

대답 없는 너를 어떤 언어로 불러야 할까
아무렇지 않은 상태를 무엇이라고 말해야 하지?

너의 어느 것도 내게 전염되지 않았다

너는 울고만 있고 나는 고양이와 대화를 나눴다
자꾸 반복했다

투약

수평선을 바라보면 누군가에게 안기고 있는 기분

등대의 불빛이 병든 어선들을 풀어놓는다

팔에 별 무리가 떠 있다, 아직 빛나진 않지만 많은 별을
모았구나

어디로부터 멀어진 걸까 물살이 쓸려 간다

나는 꽃밭을 가꾸는 거야, 붉게 일렁이는 너의 두 팔

달이 몸집을 부풀린다 아프지 않은 부위마다 나는 별을
새기고 너는 꽃을 심는다

모래에 맨발을 심자 해변이 되어 간다 우리는 이 밤의
슈가이 영원할 거라는 착각을 나눠 갖는다

누구도 뒤돌아보지 않는 해변

언제부터 방향을 잃은 걸까 어선들이 돌아오지 않는다

크로스 라이트

알 수 없다고 말했다 알 수 없는 일이 가득해서 알 수 없다는 말을 영원히 되풀이하면 나는 내가 누군지조차 알 수 없게 되어 버릴지도 모르지

흑막이 흔들거린다
그날 해변의 밤은 물결만 선명했는데

지난번엔 너에게 너의 두 엄마와 피 섞이지 않은 동생의 이야기를 들었다 어두운 방에 있으면 쉽게 흑백이 연상되지만 사실 그곳은 흑의 세계 아마 우리는 서로에게서 자신의 모습을 찾으려 했던 것인지도 모르겠다 네가 두 명의 엄마를 번갈아 가며 만나서 나는 중력의 반대에 대해 생각하는 일이 잦아졌다

꽃을 싫어하는 이에게 꽃다발을 선물하는 건 폭력일까
네가 섬섬옥수 라는 단어를 설명할 때 나는 꽃이 숨기고 있는 가시에 너의 손이 찔리는 장면을 상상했다
예각을 품으면 오래 아름다울 수 있는 거니, 묻고 싶었다

해변이 출렁인다
어떤 고백을 준비하는 입술처럼

온 바다가 말라 버린다 해도 해저가 어떻게 생겼는지 알지 못할 거야 쌓여 있겠지 죽은 생물들의 사체가, 표류하던 돌들과 난파된 배의 조각들이…… 허리춤까지 젖은 여자가 해변을 뛰어가는데 쫓는 사람이 아무도 없었다 미친 여자일 거야 여러 남자를 만나다 모두에게 버림받았을 거야, 너의 눈꺼풀이 떨리는데

어떤 남자는 사랑하는 여자에게 청혼하며 말했다, 당신을 만나려고 한 세기를 꿈에서 보냈나 봐요

너의 머리칼이 밤의 결로 흩어질 때 나는 내가 원래 이런 사람이었는지 의심이 들고
의심이 부풀고 부풀다 보면 기시감과
동시에
우주가 정지되는 순간이 느껴졌다

내가 신이라면
적어도 바다를 만드는 데에 시간을 허비하지 않았겠지

드라이플라워라는 꽃이 있어 나는 그 꽃을 볼 때마다
소름이 돋았지 누군가의 표정을 박제해 놓은 줄 알았어 무
용하다고 생각했어 네가 두 명의 엄마를 가졌다는 것 마
음을 알 수 없는 동생을 가졌다는 것
저번에 우리 집 개가 죽었다고 말했었지 이상했어 움직
이던 것이 더 이상 움직이질 않는다는 게, 겨우 그런 사실
로 슬퍼졌어 무용하다 아, 무용하지 마음도 없는 것에게
슬픔을 느꼈어

어릴 때 날 가르치던 선생은 모든 선택을 보류하는 습관
이 있었다 이후로 나는 보류하는 사람이 되려 했는데, 어
쩌다 보니 보류하는 사람이 될 거라는 결심을 보류하고 있
었다

그날 우리는 유난히 예쁜 것 같았다
닮아 보였을까

흔들거리는 흑막과 밤바다의 물결이

이곳은 상처받은 사람이 많아 보여, 내가 말하자 누군가의 비명이 해변에 울려 퍼지는데
네가 여자였다면 우주가 영원했을지도 몰라…… 너는 비틀거리는 몸을 추슬렀다
누군가가 엿들었다면 우리의 대화가 춤인 줄 알았겠지만

안녕 안녕, 같은 인사로 만나 같은 인사로 떠나는 일
포옹을 하면 두 손은 서로의 등을 감쌌고 우리는 등을 보이며 헤어지는데

평생 너와 어긋날 거야 난 그렇게 나 스스로를 세뇌시키고 있어 내가 너와 평행하지 못한다는 게 너무 슬프다, 그런 생각을 조금은 들켰으면 했다

맞아 우리는 성인이고
나는 내 영혼에게 미안할 때가 자주 있지
내가 가진 감정이 어려서

미숙해서
육체가 영혼을 이해하지 못해서……

약속 하나 해 줘 난 너보다 먼저 죽을 거고 넌 내가 죽고 나서 나에 대해 기록하는 거야 꼭
짝이 맞지 않는 새끼손가락을 걸고 너의 손은 정말 얇구나 섬섬옥수라는 단어는 너의 손을 위해 생긴 말일 거야, 엄지를 맞대면서

만약 저 어두운 물결에 발이라도 적셨다면 약속을 하지 않았을 텐데
그저 바라만 봤다 너의 입술을
입술의 갈라짐을

해변의 밤이 출렁인다 흑막이 흔들거린다, 무용하다고 믿고 싶었어 평행과 무용은 동의어일까

너의 사선에 서서 너의 사진을 찍었다
어느 우주에선 네가 박제된다는 상상, 동시성, 반중력

그리고 엄마 없이 태어나는 아이와

모든 꽃은 가시를 가졌을 거라는 믿음

3부
불가항력

다큐멘터리

나는 꿈에 잠겨 있는데 너는 물속에서 나오지 않았다
애정과 증오가 반복되었다 너는 그것이 마음이라고 했다

아무도 모르게 죽을 수 있는 곳을 찾고 싶었다 누구도
우리가 어긋났다고 말해 주지 않았다

몸을 구기고 마음을 자를 수 있다면 어디에 보관하는
게 좋을까 너는 투명하게 웃는다 미소가 옅어진다 속력을
상상할 수 없을 만큼

너와 내가 같은 마음에 가담했다는 것이 무섭다

지난 꿈에서 너는 익사하고 있었다 너는 영혼이 무겁다
고 했다 고요한 연못을 바라보는 중이었다

비대칭 비행

극장은 완벽했다 완벽하다고, 느꼈다 왜 그렇게 생각하
느냐고 묻는다면 극장은 정사각형의 관 같다고 해야지 벌
린 입이 다물어지지 않도록…… 그래서 그렇게 말했고

순간 애인을 떠올리는 표정으로

정말 이곳은 관 같아 주변 불빛이 소등될 때가 꼭 뚜껑
이 덮이는 순간 같잖아, 너는 전생까지 기억한다는 듯이
말하지만
불이 꺼지면
우리는 시체의 얼굴을 하게 될 텐데

*

스크린의 빛이 너의 얼굴 위에서 깜빡이고 있었다 나는
너에게 몸을 기울인 채로
너의 표정으로 상영되는 영화를 관람했다

하루아침에 지붕이 날아가도 새들이 오거나

무덤을 파내 관을 열더라도 시체가 일어날 일은 없는데

너와 나는 번갈아가며 우리 사이에서 손이 헤매도록 방치했다 가끔 손이 맞닿아도 눈을 마주치지 않았다 그 손을 잡게 되면 눈이 마주치겠지만

손목에 새기다 만 이니셜이 빛나고 있었다 이 어둠 속에서

상영 중에 극장의 모든 좌석을 세어 볼 수는 없지만
지금 당장 운석이 떨어지거나 아무도 눈치채지 못하게 내가 너의 목을 조르더라도 영화는 끝나지 않겠지, 그게

미래라고

속삭이는 연인이 있다면
우리의 좌석으로 상영되는 영화가 있다면……

옆에서 네가

반쪽 얼굴로 울고 있었다

*

어땠냐고 물으면 너는 좋았다는 대답을 할 것이다 내가 그렇게 느낀 것처럼

모든 연인들이 우리를 쳐다본다면 우린 서로의 눈을 도려내고 숨고 싶겠지 우리는 어깨선의 높이가 달랐다 내가 싫어하는 건 네가 마른 선을 가졌다는 사실

새들도 시체도 보이지 않는 밤

너의 뼈가 부러지도록
숨을 참은 채 보폭을 맞춰 걷는 일이 계속되고

"예고편, 이라는 제목의 영화를 만든다면 앞으로 일어날 모든 사건을 알 수 있을 거야."
나는 너의 생각과 사랑에 빠지는데

목적지 없이 우리는 어디로 가려고

때맞춰 극장 내부가 어두워지는 방식으로 이별이 예정
되어 있다고 믿었다 너와 애인이, 너와 내가,
　모두 알 수 없는 일이지만

오늘 밤은 문을 잠그지 않고 잠들 것이다 네가 들어올
거라고 믿고 싶다 그래서 그렇게 할 예정인데

무용수가 쓰러지는 포즈로 네가 날 껴안았을 때 나는
너의 애인이 죽었으면 했다

너와 함께

Day For Night

몸이 과녁으로 변해 가는 짐승에 대해 생각했다
총성과 죽음은 그렇게 탄생하고

어둠을 질투해서 암막 커튼을 달았지만 낮은 밤을 모방
할 수 없었다 많은 어둠과 조금의 빛 속에서 미래에 대해
적었다, 8월이면 끝장날 것이다 여름이 끝나갈 때 모든 것
이⋯⋯

지난밤, 유리잔을 다섯 개나 깨뜨렸고 나는 그보다 더
많은 비명을 지르고 싶었다 겁이 났어 때때로 네가 날 찌
른다고 생각했어 최악이지? 미안해 정말, 너는 울음을 터
뜨리고 울고 싶은 건 난데, 지금 이 상황이 개 같다고 표현
할 수 있다면 우리 중 개는 너일 거야 죽어 버리자는 농담
을 지킬 수 있을 것 같은 기분이 들었다

어제는 항상 오늘보다 수가 많았다 너는 어제와 내일 중
어느 날을 더 많이 가졌을까 가지고 싶어 할까 가지고나
싶어 할까 낮과 밤이 자리를 바꿀 때마다 고민했다 여섯
시에 잠에서 깨면 바깥은 푸르스름하고 그때마다 오전인

지 오후인지……

　어지러운 하늘 아래에서

　발끝으로 그림자가 길어질 때 죽어 가는 짐승을 바라보
는 사람이 있다면
　서로의 눈을 바라보겠지 쏟아지는

　빛 속에서

　커튼콜이 시작되었다
　배우들은 눈치를 살핀다 누구에게 박수가 더 쏟아지는
지에 대해서

　비겁한 놈 아무 데나 웃음을 흘리는 새끼, 왕이 중얼거
리고 광대는 구석에서 옷을 갈아입는다 무대에선 말이야
그냥 자기가 맡은 역할만 잘하면 되는 거야 관객들에게 웃
음 따위를 파는 게 아니라고, 왕은 왕의 입장에서 벗어나
지 않는데 웃음을 파는 것도 광대의 역할이에요, 이젠 광

대가 아닌 배우가 대답한다

　우리, 게임 하나 할까
　서로에게 총구를 들이미는 거야 먼저 죽는 사람이 승자
가 되는 게임
　너는 방아쇠를 당기게 될까

　어쩌면 8월,
　이라는 제목을 가진 이야기를 너에게 들려주고 싶다
　그 이야기는 인과가 망가진 이야기고, 어떤 여자가 죽고,
여자의 영혼이 어떤 남자의 영혼을 만나고, 둘은 세계의
예정보다 일찍 만나고, 그래서 인과가 망가져서 여자의 육
체가 죽게 되는 이야기

　널 기다릴 때마다 나는 놀이터에 있었고
　시소는 항상 기울어 있지
　왜 놀이터에서 시소만 둘이서 타야 하는 걸까
　모르지 넌
　누가 죽는지

누가 죽고 싶은지
죽음이 왜 태어나는지

쏟아지는 박수갈채를 듣고 있으면
박수가 박수에 부서지고 조각나고 깨지는 순간이 온다
음악과 빛은 그렇게 탄생하는데

인간에서 짐승으로 변해 가는 과정에 대해
생각하다가 말 것이다
탄환이 격발되기 직전까지

불가항력

언젠가 도로에서 죽은 쥐를 작은 그림자로 착각했을 때
내 머리 위로 어느 새 한 마리가 무리에서 이탈했다는
생각을 했다고
나무 밑에서 너에게 말했다

확실히 그럴 수 있겠어, 너는 모순적인 대답을 하고

눈을 감을 때 보이는 어둠이 모두에게 같을 수 있을까
누가 더 어둡게 보이는지에 대해 대화를 나누다가 사실
나무는 야행성이 아닐까, 낮잠을 자는 동안 자신에게 보이
는 어둠을 그늘로 펼쳐 놓는 것일지도 모른다고 생각했다

헝클어진 네 머리카락이 그림자로 엎어지고 있었다
어느 것도 날고 있지 않았다

어젯밤에는 네가 이 나무 밑에 묻혀 있는 꿈을 꿨다고
그곳에서 꺼내 달라며 내게 부탁했다고, 너는 내 꿈을
징조라고 생각했지만

문득 저 멀리에서 납작한 새와 날아다니는 쥐를 봤는데
그건 확실히 그럴 수 없는 일이었고, 아마도 지금은
　백일몽을 꾸는 중이라고
　두 눈을 시퍼렇게 뜬 채로

데칼코마니

이렇게 될 거라는 거 알고 있었지? 네가 불 속에 손을 담그고 말했다

아직도 새벽이 끝나지 않았다 저 멀리 지평선이 물에 잠긴 듯 일렁이고 있었다

같은 곳을 바라본다는 게 같은 꿈을 꿨다는 의미는 아니었는데

문득 불 속에 담긴 네 손의 온도가 내 체온과 같은지 궁금해졌다

적어도 인간이 멸종될 거라곤 생각하지 않았어, 그런 말은 하지 않았다

손이 흘러내린다면 불이 꺼지지 않길 바라는 마음이 있고

얼마 전에는 너를 제외한 모든 사람이 죽어도 괜찮았어

그런데 이젠 너만 죽으면 괜찮다는 마음

　계속해서 생각이 범람하는 바람에 불이 영역 밖으로 넘치고 있었다

　나는 너를 따라 불 속에 손을 넣었다 손은 흘러내리게 되는 걸까

　가끔씩 너는 무슨 말을 하려는지 몸을 뒤척였다 오래된 악몽이 현실로 뛰쳐나오려는 듯이

　세계는 지평선 밖으로 넘어가지 않는데 내 안에서 자꾸만 범람하는 것이 있었다

어쩌면 8월

여름의 축제는 여름과 축제를 엮는 일이었다 화원에서
꽃들이 터질 때는 사람보다 함성이 많았다

더 이상 꿈을 꾸고 싶지 않다고 말했다 넌 어디 있지?
친구야, 너는 약속을 제때 지키지 않았지 항상 뒤늦게 내
앞에 나타나 웃어 주었지

이곳에 너는 없고 나는 네가 죽길 바랐고 아, 그래 너는
죽었구나 생각해도 세상은 여전히 알 수 없는데

축제는 소란스러웠다 나무와 축제와 계절이 일렁거리고
팔이 떨렸다 너라면 양가적이라고 하겠지 이 정서를

여름밤마다 네가 날 찾는 이유를 알 수 없었다 너는 매
번 내 곁을 찾아왔다가 떠나는데 죽고 싶은 건 나고

서로 등 돌리고 자면 우리의 꿈이 뒤집힌다고 믿었던 걸
까 너와 지난밤의 악몽을 농담처럼 주고받고 싶다

이곳엔 너와 비슷하게 생긴 사람이 많다 친구야, 어서 너에게 이 장면을 보여 주고 싶다 자꾸 착각하는 나를 네가 봤으면 좋겠다 하지만

이미 늦어 버렸어 이제 모든 축제가 끝나 버릴 거야 8월도 모두 가 버리겠지 정말로

아아, 여름이 끝난다 여름이 다시 온다는 걸 알고 있다 그래도 여름은 끝나고, 오고, 또다시, 우리는

피그말리온

　모두 망가졌으면 좋겠다 사라졌으면 좋겠다, 그런 말을 하며 폐교를 돌아다니는 일 그날 너는 젖은 나뭇가지를 잔뜩 주워 머리끈으로 묶어 놓았다 이것 좀 봐! 네가 소리치는 순간마다 비가 내리고 벼락이 치고 모든 창문이 몸을 떨었지 맞다, 복도가 부서질 듯이 춤도 췄었다 너는 느리게 스텝을 밟으며 이것이 재즈라고 말했다 자신 있는 말투로

　너는 복도의 끝에서 주저앉았다 복도에 해변을 만드는 일, 네가 그린 두 남녀가 바다 한가운데에 반쯤 잠겨 있었다 어때, 파도 소리가 선명하지? 물으면서 너는 희미하게 웃었던 것 같다 벼락이 칠 때마다 복도의 수면이 반짝이고 너는 파랗게 물든 손톱을 조금씩 씹어 삼켰다

　그런데 너는 이곳이 바깥과 다르다고 소리를 질러 댔지 창밖에선 먹구름이 지상에서 하늘로 피어오르고, 비행기가 추락하고, 비명은 아직두 끝이 없을 테데 네가 복도 바닥에 두 뺨을 대고 납작하게 누워 있다 몸에서 비린내가 나, 쿵쿵거리면서. 얼굴에도 옷에도 파란색 파스텔이 묻어 나오고 너는 사물함을 뒤졌다 비행기를 접을 종이를 찾으

려고

　너는 창문에 흘러내리는 빗물을 보면서 이곳이 잠기고 있다며 나뭇가지를 풀어놓았다 불을 붙이고 불 주위를 빙빙 돌며 케 세라 세라를 함께 불렀던가 바다 한가운데에서 불이 타오르는 곳, 그래서 서로의 발을 포개 놓은 채 파랗게 물들 때까지…… 계속되는 너의 비명에 귀가 길게 늘어졌는데 복도는 여전히 출렁였고
　어지러웠어 복도는 망가진 걸까 우리는
　사라지고

　기억나? 세계가 끝나도록 재즈라고 믿는 스텝을 밟고
　창문 안팎으로 비행기가 추락할 때
　나는 자꾸 만졌어 시린 허벅지를

아주 조금 다정하게 혹은 이기적이게

슬픔이라는 감정을 갖기에 이 행성은 너무 작다고 믿었다

매일 밤마다 달리는 연습을 시작하게 된 건 우리가 소
문을 들은 이후
쫓는 것과 쫓아가는 것
역할을 바꿔 가면서

너는 소설을 읽고 나면 마지막 구절만 기억하곤 했지
하지만 나는 마지막 구절 이후의 이야기를 생각했다
아마도 찢겨진 페이지에 적혀 있었을 이야기

지금 생각해 보면 아름다워지고 싶었던 건지도 몰라 아
름다움이란 게 존재한다는 거 알지? 에필로그, 라고 말하
면 여럿이 아닌 한 사람이 떠오르듯이, 악몽 속을 헤매다
깨어나면 사라진 연인의 품을 찾아 더듬고 끝내 울먹이는
사람이 있어 어느 밤 우리가 사람 없는 곳을 향해 걸어 나
갈 때, 동네의 모든 개가 짖고 새끼고양이가 갓난아기의 목
소리로 울어 대는데 나는 네가 내 손을 꽉 쥐기보다는 내
이름을 불러 주길 원했지, 나는 잊은 적이 없다 선명하게

대화하고 싶은데 네가 두 귀를 어둠 속에 묻어 둬서……

아무렇지 않다는 말은 하지 말아 줘
괜찮지 않아도
충분히 괜찮은 척할 수 있는데

잘 닦인 유리창에 부딪친 새의 몸짓처럼
어쩔 줄을 모르는

영화 속 연인들은
예고 없는 입맞춤 뒤 놀란 표정을 짓고는
서로의 눈 속에서 자신의 얼굴을 찾는 것처럼
어둠을 오래 응시했다

어쩌면 우리는 서로에게 이른 아침이었는지도

소문이 사실로 변질되어 갈 때 너는 온 얼굴을 찡그리며
눈물을 터뜨렸다 울려면 정말 너처럼 울어야 하는 거 같아
온 육체와 마음이 슬픔의 모양으로 구겨져야 하는 게 아닐

까, 생각을 하며 감탄했지 너의 눈물도 닦아 주지 못했다
슬픔을 만질 수 없다고 생각했어 그래도 우린 꽤나 유사하
다고 여겼는데 그날 너는 처음 본 얼굴로 처음 듣는 울음
을 멈추지 않았다

영원히 눈 내리는 곳에서 설원이라는 단어는 무의미할
거야 아름답고 아름다워서 아름다울 수 없는 지점에 대해
쓸모없는 것에 대해

전방위로 터지는 폭죽을 보면
내면에서 확장된 무언가를 발견할 수 있을 것 같았어
예정된 순서를 지키며
빛나고 사라지는데

사람들은 수군거렸다
나는 이제 더 이상 달리지 않고
죽이고 싶은 사람만 떠올렸다
닿지 않는 곳에서 빌기만 했다

잡음이 새어 나오는 라디오를 물속에 던지자 사방이 물속이었다

여름이 시작하고 겨울이 끝날 때까지 해변에 머무르는 사람에 대해서, 아직 명명되지 않은 계절을 육안으로 확인할 수 있다면, 어둠을 응시하던 연인의 초점은 어디에 떨어졌는지, 강가의 어류들에게 손발이 돋는데 감정은 돋지 않는다면, 죽고 싶은 마음에는 어떤 이름을 붙여야 하나 사실은 말이야, 나는 계속 주저하고 싶어 무엇도 판단하지 않고 새의 사체를 해부했을 때 갑작스러운 공포를 느꼈으면 좋겠어 누구나 불행한 동화를 쓰고 싶다 하루를 반으로 가른다 해도 절반의 빛과 절반의 어둠이 나오지 않겠지만

잘못 발사된 탄환 같지 우린

언젠가 세상의 마지막 폭죽이 터질 때
그걸 본 사람이 너이길
곁에 누구도 없이 너
홀로

우리의 대화는 음악이 되고 아마도 미래의 교향곡

속이 울렁거렸다 잔이 넘치도록 물을 따르면서

이곳은 어딜까 잠에서 깰 때 낯설어 보이는 천장과 더는 빛나지 않는 야광 별
  그걸 방랑이라고 부를 수 있다면

지난날 친구는 자전거를 타고 떠났다 목적지를 정하지 않은 채

현관을 열면 언제나 같은 복도
  가끔 다른 빛의 구도

"가까운 사람에게 부정적인 고백을 듣게 되겠네요. 당신이 기억하지 못하는 문제이니 분쟁을 피할 수 없을 겁니다. 오늘의 숫자: 3"

직접 보기 전까지 알 수 없는 일이라고, 북서향에서 태양이 떠오를 수도 있는 거라고
  너는 말하고

집시와 수비학 중 어느 것을 믿어야 미래가 달라질 수
있을까

너의 운명을 네가 점친다며 타로 카드를 펼쳐 놓을 때
나는 물을 따르며 잔 안에서 일어나는 소용돌이, 물거품,
파문
그 속에서 춤을 추는 여인들을 바라보고
무용수들이 산다는 마을과 카드를 펼쳐 놓는 마을의 신
녀, 신녀에게 물을 따르는 종자, 그리고……

내가 죽으면 무덤 위에서 춤을 춰 달라고 부탁한 적이
있는데

너의 손이 너의 불안을 선택하고 확인하는 동안 나는
떠나간 친구를 생각했다 그의 운명을 조금만 훔쳐볼 수 있
겠냐고, 네게 부탁하지 않았지만
그곳은 어딜까 그가 헤매고 사랑하고 페달을 밟다가 죽
게 될 곳

언젠가 현관을 열었을 때 이국의 도시에 도착해 있을지
도 모르는 일이라고, 너는 믿고

그런 장면을 떠올리면 속이 울렁거리고
나는 다시 잔이 넘치도록

이명

밤이 되면 속을 게워내고 두 발이 녹고 네가 보였다 너는 환하게 웃고 있다

'날 사랑하니?'

너의 입모양이 보이는데 목소리가 들리지 않았다 너는 너의 존재를 확인하려 자꾸 내게 물었다 너의 입술이 흐려지고 있었다

정신을 차리고 나면 한낮이었다

너는 사라지고 없는데 어디선가 너의 질문이 계속 들렸다

1층에서 상영되는 모든 영화

네가 열어 두고 간 창문으로 눈 내리는 장면을 본다 어떤 남자와 여자가 서 있고 다투는 소리를 듣는다

창가엔 어떤 발자국도 남아 있지 않았다

가장 가까운 곳에서 가장 친근한 곳에서 가끔 위험한 곳에서
먹고 자고 만나는 일들이 떠오르고

창밖으로
사람이 지나간다 사람이 지나가고 사람이 멈춘다 멈춘 사람과 눈이 마주친다 사람과 마주친 느낌을 느낀다 너와 마주친 느낌을 느끼는데

가깝고 친근한 곳은 가끔 위험해지는 걸까
그렇게 생각하면 먹고 자고 헤어지는 일들이 이해되기도 하고

눈 쌓인 거리를 걷다가 문득

방 안을 기웃거린 이는 내 생활이 어느 장르에 가깝다고
이해했을지

너는 창문을 열고 돌아오지 않았다 네가 닫지 않으니까
내가 계속 두 팔을 벌리고 있다 닫으러 오는 이가 없다

애프터쇼크

오늘은 가만히 자세를 견딜게

전보다 몸이 많이 야위었고 채식주의자가 되었지

친구가 과거의 나에게 악담을 퍼부었고

나는 텅 빈 방에서 홀로 내 이름을 발음해 보았지만

어제 그린 만화 속 인물들의 말풍선은 공백인 채로,

그래도

오늘은 가만히 자세를 견딜 생각이야

어제는 꿈을 꾸었어

밤이었지 겨울이었고

골목이었는데 저 멀리

어딘가에서 들리는 라디오 소리, '당신은 당신을 뒤흔

드는

악몽을 꾸고 일어났을 때

방금 꾼 꿈이 악몽이라는 사실을 인지할 수 있다면

그것은 행운입니다.'

사실 나는 채식주의자가 아닐지도 모르고

내가 만든 거짓말이 나보다 진짜일까 봐 무섭다

이곳엔 거짓만 존재하지 농담은 없고

거짓과 농담의 차이는 신과 종교의 차이쯤

타인을 함부로 부르고 성호를 긋는다, 나는 나를 믿을
것이며

끝없는 꿈과 같이 안녕, 더는 오지 않는, 아멘……

오늘은

가만히 자세를 견디기로,

나란히 앉아 영화나 볼까

'그녀는 그보다 조금 빨리 걷는다. 일기예보에선 새벽에
눈이 온다고 했다. 어디선가 들리는 첼로 연주. 그는 두리
번거린다. 첼로, 들리냐고, 그는 묻지 않고. 그는 박자에 맞
춰 걷는다. 걸음이 생겨난다. 그녀는 그림자를 뒤에 두고
걷는다. 붙잡아 볼까. 그는 손을 뻗는다. 그녀의 등 뒤로,
뒤척임으로, 서성이는 걸음으로, 몽상으로, 하지만 이내 손
을 거둔다. 그새 머리를 많이 길렀구나. 그는 박자에 어긋
나게 걷는다. 걸음이 망가진다. 그때 그녀가 걸음을 멈춘
다. 그녀는 뒤돌아보지 않고 그에게 묻는다. 무슨 음악을
들었어? 밤이었다. 겨울이었다. 골목이었다. 그는 조금 뒤에
있다.'

소년이 끝나지 않는 소년이 있어

상처를 모르고

상처가 상처인 줄 모르고, 그래서

상처인 줄 모르는 것을 주고

함께 도망가자 언덕에 서서

동이 틀 때까지 소리를 지르는 일

밤새도록 젤리를 나눠 먹으며

한입 베어 먹은 자리에 서로의 입술을 끼워 맞춰 보고

교실에 들어가 책상과 의자를 뒤집어 놓으며

거짓으로 고백하는 일 죄송하다고

다시는 그러지 않겠다고, 그다음에는 사람과 사랑을 뒤

집을 거야

게으르게 작별하고 싶다 손은 흔들지 않을게

보고 싶을 거라고 말하는 대신

현재 시제로 적은 편지를 줄게

기차에 오르는 모습을 바라보면 나는 나 혹은

기차 둘 중 하나를 터뜨리고 싶겠지

그래도 오늘은,

오늘만큼은 가만히 자세를 견딜 것이고

나는 아직 시작되지 않은 커튼콜, 목이 잘린 곰 모양 젤

리, 51년째 뒤집혀 있는 책상과 의자, 그는 멈춰 서서 그녀

의 뒷모습을 바라본다. 밤의 겨울이었고 더는 첼로 연주가 들리지 않았다. 사랑이라 불리는 사람과 미래에 읽게 될 편지, 거짓된 채식주의자

어느 라디오에서

모든 사건과 시간과 공간이 종료될 거라는 이야기를 들었다 울진 않았다

그녀가 다시 걷기 시작한다. 그는 걷지 않는다. 그는 멀어지는 발자국을 바라본다.

폭발하는 도시, 가라앉는 사람들과 사람들의 신념

샹들리에가 좌우로 요동친다

눈발이 조금 흩날리는데

맥시멈 리스크

어느 쪽으로 걸어갈까 어느 방향으로 누워 잠에 들어야 꿈을 꾸지 않게 될까 판단하고 싶지 않다 나는 판단에 약하고 어젯밤에는 꿈에서 광장을 오래 서성였다 대립을 멈추지 않는 두 시위대, 구석에서 울던 외국인, 어디선가 악취, 사람들은 밤하늘을 향해 촛불을 던지고 있었다

진, 나는 네가 오토바이에 올라타는 모습을 좋아했지 나는 진의 뒤에 올라타며 난 있잖아 다 동의하거든? 그런데 전속력으로 달리는 게 무슨 의미인지 모르겠어, 터널에 들어서자 계기판 바늘이 솟구치고 등 뒤로 지나가는 빛과 소음과 두고 온 표정, 사이드미러로 진을 바라보다 보면 어느새 끝나 있는 터널

다른 계절보다 유독 길게 느껴지는 여름
밤의 해안도로를 달리면 꽃인지 빛인지 구별하지도 못한 채 속도가 풍경을 지워 나갔다

전속력으로
빠르게 더 빠르게

클라이막스로 갈수록 지휘자는 빠른 속도로 팔을 휘젓
겠지

어느 날의 현실이었다

진을 기다리는 동안 여름은 한낮의 꿈을 꾸는 듯
길고 길어서 끝나지 않을 것만 같은,
정말 그렇게 믿겨지는

같은 꿈속에 갇힌 적이 있었다 나선형 탑의 꼭대기에서
시작하는 꿈 어둠 속에서 벽을 더듬어 가며 아무리 내려가
도 끝이 없었다 때때로 벽을 더듬다 문고리가 만져져 그것
을 열고 나가면
　다시 탑의 꼭대기인 그런 꿈

나는 나를 주체할 수 없었지만
그게 놓치고 싶었다는 의미는 아니었는데

진과 내가 광장에 나갔을 때 두 눈으로 확인했던 건 온통 빛이었고 사람들이 이렇게나 많이 나왔어 정말 이렇게 많을 줄은 몰랐어, 그게 다행인지 불행인지 모르면서 먼 하늘에서 이 광경을 보면 어떻게 보일까 상상했다

시위대에 몸을 구겨 넣어 원치 않는 곳으로 걷기도 했다 의도대로 걷지 못하는 것도 나쁘지 않은 일이야 그치? 몰라 모르겠어 폭 좁은 미로 같아, 진과 마주 잡은 손을 놓지 않았는데

사람들은 대립을 멈추지 않았다 서로에게 소리치면서, 촛불을 쥔 손을 길게 뻗으면서, 진, 어디서 악취가 나는 거 같지 않아? 그곳을 빠져나가고 싶었지만 아직도 온통 빛이었다

소음 속에서 누군가가 촛불을 집어던지고 그러자 빛이 사방으로 튀기 시작했다 불이 붙었다고, 비명과 고함을 구분할 시간도 없이, 알아들을 수 없었지만
길가에 주저앉은 어느 외국인은 울면서 모국어를 중얼

거리고 있었다 나는 그 말을 해석해 보고 싶었는데

이 모든 상황이 하나도 기이하지 않았다

어느 날의 꿈이었다

거울이 깨지면 불행해진다는 미신
조각들을 이어 붙이면 다시 거울이 되었지만
내가 갈라져 있었다 알아볼 수 없었다

끝이라는 단어는 존재하지 않아도 괜찮았을 텐데

지휘자가 죽자
오케스트라 단원들은 무엇을 해야 할지 망설이다 서로
를 바라보며 연주했다
모두 엉망이었다

결정적인 순간은 왜 항상 갑작스러운 걸까

사실 나는 오토바이 타는 것을 좋아하지 않았다 헬멧도 쓰지 않고 에어백도 없고 예고 없는 충돌이 두려웠다 사고가 두렵고 공포가 공포스럽고 진, 네가 내게 화를 내며 소리쳤을 때, 그래서 아무 말도 들을 수 없었다 널 붙잡을 수 없었다

뒷모습은 언제나 빠른 속도로 멀어졌다 전속력으로
빠르게 더 빠르게

죽음이 클라이막스가 아니듯
끝도 마찬가지

지겨운 여름
한낮의 빛으로 가득한 꿈을 꾸고 싶다 그 꿈은 무슨 색일까

고장 난 계기판이 좌우로 날뛰고 있다
나는 더 이상 속도를 가늠하지 않게 되었는데

꿈인지 현실인지 분간하지 못한 채 혼잣말을 중얼거리다가 이것도 꿈이야 저것도 꿈이야 아니 현실이야 쏟아 내고 또 쏟아 내다가 누군가가 그것을 기록해 줬으면 좋겠는데 나는 최대치의 내가 누구인지 궁금해졌다

4부
예지력

미래학자의 방

네가 젖은 채로 문을 두드렸고 나는 열어 주었다 어두워도 괜찮다면 들어오라고 말하며

눈은 빠르게 쏟아지다가 느리게 내리다가 폭설이었다가 녹으면 비가 되기도 하고

냄새가 났다 물비린내야 아니야 이건 향기야, 어떤 냄새인지 몰라서 불을 켜고
뚝 뚝 물이 떨어지는 곳마다 꽃이 피어 있었다 냄새는 이것이었어 바닥이 꽃으로 가득해지고 있어, 말했지만 너는 이곳에 꽃이 어디 있느냐고 묻고

네가 지난밤에 들었다던 노래를 부르는데 방 안이 온통 어지럽다 머리가 흔들리고 이거 나도 어디서 들었던 노래야 대체 무슨 노래였지, 나는 기억하지 못하고

"젖어 있으면 배고픔도 현기증도 모르고 시간도 잊은 채 노래를 부를 수 있는데……"
네 말대로 그 모든 게 가능할 수도 있겠지만

너는 몸을 말리거나 옷을 말리거나 머리를 말리고 나는 꽃을 잡히는 대로 뽑아 한데 묶어 놓았다 우리는 여기에서 몇 번을 죽고 몇 개의 분노를 갖고 육체는 어디까지 한계를 겪었는지 의문이 멈추지 않았다

창밖에서 눈인지 비인지 무엇인가가 내리는데 문득 내리는 중인 게 아니라 누군가가 눈이나 비 같은 걸 그려 놓은 게 아닌가 생각하고

어두운 방 안에서 누가 불을 껐는지 모르고, 정말 아까 불을 켰었나? 어둠 속에서 꽃이 점점 선명해지는 것이 보였다 욕조에도 세탁기에도 네 머리칼에도 꽃이 피어 있다

방에서 다시 냄새가 나고 이 냄새는 도대체 면역이 되질 않았다 꽃은 죄다 젖어 있고 그러면 꽃은 배고픔도 현기증도 시간도 잊은 채 노래를 부르고 가시가 돋기 시작하는데

아직도 지난밤의 노래가 멈추지 않았다 과거와 노래 중

어느 것이 어지러운 걸까 꽃이 머리를 흔들기 시작했다 너
는 꽃이 보이지 않는다고 말하는데

　누군가가 방문을 두드렸다 조금 전 내가 어느 손으로
문을 열었는지 기억나지 않았다

예지력

우리는 서로의 운명을 베낀 쌍둥이처럼
문득 한곳을 바라보았다 그곳에 붉은 달이 있었다 누구
의 핏자국이었을까, 네가 말하자 사위가 고요해졌다

그랬으면 좋겠지 좋겠는데

너는 몇 개의 소원을 중얼거렸을까 나는 내가 모은 두
손이 견딜 수 없도록 무거워서 오래도록 손을 모으고 있었
다 짧은 희망과 더 짧은 여운 뒤에 우리는 다시 손을 맞잡
았지만

나의 소원은 언제나 간결함을 가지지 못했다 가끔은
그 사실이 미래를 짓누른다는 걸 잊은 채

골목에선 병든 고양이가 울고 있었다 도망칠 걸 알지만,
왜 울고 있는지 모를 고양이를 불러 보기도 하면서

"오늘은 오늘만 생각하기로 하자."
이미 내일이 되어 가고 있는데…… 평생 심장이나 움켜

쥐고 죽어 가라던 저주 대신 그런 말을 하기도 했다 그렇
게 되지 못할 거란 걸 잘 알고 있었지만

　　너도 너도 너도 너도
　　너도

　　메아리가 울렸다 밤은 잠시 시간이 멈춘 듯 보였다 마치
읽다만 책처럼

　　서사 없는 소설 속 인물들이
　　시간을 모르고 아파하는 것처럼

자각몽

마지막으로 여행 간 기억이 언제야? 어젯밤, 어젯밤 꿈 속에서 너와 소풍을 갔어 초원에서 싸 온 음식을 나눠 먹는데 나는 빵을 가져왔어 그래서 우리 싸웠던 거 기억 안 나? 너는 떡을 좋아하는데 내가 빵을 싸 왔잖아 서로가 부서질 듯이 소리치며 싸웠잖아 모르겠어 기억이 안 나 내가 언제부터 떡을 좋아했는지도 모르겠어 엄마가 날 임신했을 때 떡을 자주 먹었나 봐 그래서 너무 끈적하고…… 끈적하게 산 것 같아 끈적하게 사는 건 어떻게 사는 거야? 나는 건조하거나 푸석하게 살았다고 생각하지 않는데, 그런데 목이 막힐 것처럼 운 적은 많은 것 같아 이상하지? 우리 엄마는 빵을 안 좋아하는데, 네가 어제의 여행을 기억 못하는 것도 정말 이상하다 이상하다는 느낌을 마지막으로 느낀 게 언제인지도 기억나질 않아 나는 이상한 것을 너무나 많이 봐서 면역이 되었는지도 몰라 이제는 모든 것을 추측할 뿐이야 추측하다가 추측하고 추측하게 되면 나는 나일 거라고, 추측으로 결론이 나 버려 그게 사실일 것 같아서 너무 무섭고 너무 우울하다 지금 보니 너는 꼭 영화 속 주인공처럼 생각하는 버릇이 있는 것 같다 모든 슬픔이나 아픔이 너를 주목한다고 생각하잖아 추측은 그만하자 우린 어제 소풍을 다녀왔잖아 초원에 앉아 지평선을 보며 사랑이 무엇인지 알게 되었잖아 네가 날 미친놈이라고, 멍청하다고 하면서 그런 나한테 사랑을 느끼라는 거야? 너 정말 이상하다 어제 그 초원이 안 떠오른다고? 나한테 소리친 것도? 나한테 왜 빵을 싸 왔냐고 물었잖아 네가 녹을 것처럼 울었잖아 너는 정말 너인 것처럼 말을 하는구나 너랑 소풍 간 애가 내가 아닐 텐데, 지금 너는 잔디처럼 흔들리고 있는데……

언제나 무릎, 언젠가 지도

룸메이트는 오디오가 망가졌다고 했다
그건 꿈속의 일이었고
누군가 창문을 두드려서 우린 눈을 마주치고
저걸 열면 안 돼, 서로 고개 끄덕이고
나는 왜 오른쪽으로만 넘어져?
지구가 그쪽으로 자전하니까, 룸메이트는 나를 바라보지
도 않은 채 대답하고
상처를 보면 어디서 넘어졌는지 알 수 있어 넘어진 곳의
생김새가 새겨져 있어, 연이어 확신에 찬 목소리가 들리고
또 창문 두드리는 소리, 우린 눈을 마주치지 않고도 동
의하는 법을 알게 되면서
어디서 넘어졌는지 기억 안 나 이걸 봐도 모르겠어, 나
는 꿈을 꾼 것만 같은데
그 애가 너의 손을 잡아 줬을 거야, 이번 대답에는 확신
이 없었고
음악을 들으면서 양치를 해야지
그런데 오디오가 켜지지 않았다
지금 현재의 일이었는데
나는 어제 잃어버린 우산이 떠올랐지만

비가 왔을 리가 없어, 룸메이트는 그 어느 때보다 확신
하면서

클로즈드 서클댄스

언제부터인지 방 안에 비가 쏟아졌다 누군가가 폭우가
왔다고 말했는데 다른 이는 장마라고 했다

슬래셔와 로맨스, 두 장르의 영화를 동시에 보는 일 한
쪽에선 사람들이 죽어 가고 다른 쪽에선 사랑을 나누는데
꼭 우리들 이야기 같았다 우리들은 영화를 따라 쪽지에 병
의 이력을 줄줄이 적었다 너, 사실 꾀병이었구나 너는 그렇
게나 아팠어? 모두의 쪽지를 돌려 보고 나면 종이비행기
를 접어 날리거나 수신자 없는 편지를 보내는 장면이 따라
왔다

때때로 우리들이 전위적인 삶에 대해 떠드는 동안 방 안
에는 계속 비가 내리고 왜 나만 잔뜩 젖어 버린 거야? 누
군가가 울먹이는데 있잖아 내 어깨도 이만큼이나 젖어 버
렸는걸, 그런 게 자랑이나 위로가 되지 않을 거라는 걸 알
면서도 주순처럼 중얼거리고

어젯밤엔 누가 사라졌지? 누군가는 죽어서 사라지고, 누
군가는 사랑에 빠진 이와 함께 이곳을 빠져나가는데 우리

는 왜 줄어들지 않는 걸까

그거 알아? 식물에게도 미각이 있대 그래서 난 너에게
무엇을 줘야 할지 고민했어, 숲 속에서 그가 내게 속삭였
을 때 그렇다면 장마와 폭우 중 어느 쪽을 더 좋아하는 걸
까요, 나는 벗겨 낸 나무껍질로 육각형이나 오리 모양 따
위를 만들었다

밤이 되면 해변에서 그날 본 영화 속 장면을 흉내 내었
다, 그녀를 사랑해서 그랬어요 그래서 그녀의 아킬레스건
을 끊어 낸 거예요 남자가 남자의 뺨을 때린다 다음 장면
은 남자가 남자의 옷을 벗긴 뒤 쪽가위로 귓바퀴와 유두를
순서대로 잘라 내는 장면

온몸이 아프고 가슴이 아프고 졸려요, 이런 증상을 찾
아봤었어 그런데 병명이나 치료법은 하나도 나오지 않고
난 뭘 해야 할지 몰라서 그냥 혼자 춤만 췄어, 그의 말을
듣고 나는 표독스럽게 말했다 잘 봐요 이 해변에선 비가
내리지 않고 우리들의 방에만 비가 내린다고요 저기에 반

짝이는 모래들이 있는데 우리들은 어떻게 이럴 수가 있죠?

한쪽 유두가 잘린 남자가 물속에 뛰어든다 사람들이 남자를 따라 뛰어든다 모두 헤엄을 친다 그것이 춤이라는 듯이 모두 손에 손잡고, 원을 그리면서, 그와 나는 뒤늦게 뛰어들어 무리에 합류한다 헤엄을 친다 춤을 춘다 이 영화의 마지막 장면은 무엇이었지?

오늘은 여기까지,

우리들은 방으로 돌아가고 비를 맞는데
왜 나만 이 사실을 궁금해하는 거야? 우리들이 줄어들지 않는 이유가 도대체 뭐냐고

키스하는 도중에 연인을 죽이는 영화를 봤었나 이야기가 서이고 서이다 보면 어떤 장면이 원본인지 헷갈리는데 언젠가 너, 내 복부를 쑤신 적 있지 않았어? 그가 물었을 때 혹시 그거, 대사예요? 되묻기만 하고

해변에서 모래가 반짝였다 한 줌의 모래에서 그의 체취를 맡았다 그는 그것이 소금 결정이라고 말했었다 모래를 씹으면 물맛이 났다 그런데 물이 어떤 맛이었지?

어떤 영화는 오래도록 기억에 남았다 잊히지 않았다, 죽었던 남자가 살아 돌아온다 아무도 반기지 않는다 남자는 다시 죽기 위해 떠난다 비가 그친다

연극이 끝나고 난 뒤

움직이면 안 된다 나무의 옷을 입었으니까
거리의 가로수들은 머리를 풀어헤치고 흔들리는데

왕의 옷을 입은 배우는 마지막에 나와 인사를 하고 관
객들은 박수를 강요받는다 박수를 치는 게, 손바닥을 마
주치는 게 의미가 있는 걸까 관객이 나가면 하나의 세계가
허물어질 텐데 우리는 허물어지는 일을 축하받았다

극장을 나가며 관객들은 관객의 옷을 벗는다 나는 나무
의 옷, 너는 왕의 옷, 너는 광대의 옷을 벗으며. 옷을 버리
면 다른 이름으로 서로를 부르게 될 텐데

옷의 세계에서 너는 웃음이 헤픈 애였는데 지금은 통 웃
질 않는구나 머저리같이 떠들던 애도 어딘지 슬퍼 보여, 나
는 너희 때문에 우울해진다

지금 너희의 역할은 웃지 않는 것 말을 줄이고 슬픈 표
정을 잘 지어 보이는 것, 나는 이 세계의 너희를 그렇게 이
해했다 나의 역할은 너희들을 관찰하고 판단하는 일, 무슨

일을 하는지 파악하는 일이라 생각했고

　나도 모르게 너희를 옷의 이름으로 부르더라도 객석을
쳐다보면 안 된다 그것은 내가 맡은 역할이 아니었다 막이
내린 지 오래인데 아직도 누군가가 박수를 치고 있었다

오버히트

잠들 수 없었지만 눈을 감으면 소음이 선명해진다 연회장의 분위기가 가열된다 이제 곧 터질 겁니다 카운트다운, 카운트다운을 외치면 숫자를 거꾸로 세야 한다 사람들은 겁에 질린다 이곳에 오면서 나, 당신을 죽이는 상상을 했어요

남자와 여자가 짝을 이뤄 소년과 소녀의 표정을 짓는다 잔을 들고 이리저리 움직이는데, 복도에 서성이는 당신, 혼자 왔다고 내게 말해 줘요 누군가가 하늘 너머에서, 아니면 저 우주 밖에서 우리를 보고 있다면 폐에 산소가 빠져나가도록 웃어 대겠지

연회장의 사람들이 내게 안부를 묻는다, 모두 당신이 죽었다고 말했습니다
슬픔에 빠져 숨을 쉬기가 버겁다고 했습니다

이 순간에도 어딘가에서 나무는 시들어 가고 잎이 떨어지고, 어느 소녀는 솜 터진 인형을 내다 버린다 삐걱거리는 로봇, 침수되는 여객선, 쏟아지는 비명, 누군가는 크게 웃

었을지도

　나도 알아요 소년과 소녀의 표정이 같다는 것쯤은, 우리
도 한때 닮은 적이 있었고 깊은 잠에 빠진 내게 생일 카드
를 보낸 이도 있다는 것을. 그래 봐야 우리는 신이 잠결에
중얼거린 잠꼬대를 받아쓴 낱말일 뿐인데

　거대한 수조 속에서 죽은 열대어를 건져 내는 사람이 있
었다 수조 밖 우리들 중 몇이나 웃었니 나는 당신들의 입
에 총구를 들이밀고 싶었지만

　카운트다운, 나는 숫자를 거꾸로 세며 시간을 되감아 보
았다 연회장에 오기 전, 거리에서 로드킬당한 이는 없었다
인간의 가장 큰 자랑은 자신의 종족을 지켜 냈다는 것 폭
죽이 터진다 감탄이 터진다 소음이 시작되는데, 미래에는
내가 당신을 죽였습니다 난도질했어요 사랑해요, 모든 당
신들

테이블 데스

지난밤을 견디자 나는 조금 가벼워졌다 눈앞에서 섬광
이 멈추지 않았고

희미해진다

밤하늘이 천체를 펼쳐 놓을 때
우리는 영원히 빛의 과거만 볼 수 있을 거라며

물 주는 것을 잊어서 화분이 시들고
물을 주었다는 것을 잊어서 썩고

신의 시간으로 가늠했을 때 우리는 오래 죽어 있었거나
오래 살아 있었다
너는 빛 속에서 죽어 간 사람들을 기리기 위해
혓바닥에 우표 한 장을 올려놓고
오래도록 녹여 먹었다

곧 섬광이 터지겠지

서랍에서 수많은 필름이 쏟아지고, 장면과 장면이 뒤엉키고, 누군가 죽으면서 동시에 태어나는데 도시가 무너져 내린다 폭염과 폭설이 쏟아지는 동안 사람들은 여우비라 여기며 괜찮아질 거라고, 이 모든 게 나아질 거라고 중얼거린다 그 사람들 한가운데에서 익사하는 이가 있다

믿고 싶은 일을 기적이라 부르고
믿고 싶지 않은 일을 재앙이라 부르고

너는 손이 차가운 사람, 같은 인간이면서 우리의 체온은 왜 다른 걸까

너의 기억이 희미해질수록 나의 몸은 떠오르고
물을 마시며 지난 악몽을 희석하지만

갈증을 잊은 식물, 빛 속의 얼굴 없는 인물, 끝나지 않는 피날레
그것이 너의 역할이었다

저 멀리 미래에게 애증을

생각을 종잡을 수 없었다
얼굴을 넘쳐흐르는 건 목소리뿐인데

날짜변경선을 지나는 유람선을 떠올렸어
파도는 해변의 발자국을 지우면서까지 어디에 닿으려는
건지 모르겠어 한낮의 바다는 눈부시고 간간이 그늘진 구
석에 앉아 있는 사람들, 모두 같은 생각을 한다고 단정했어
끝의 반대편에는 또 다른 끝이 있다고 믿었지만

아이들은 어째서 무표정으로 달리는 법을 모르는 걸까
물결은 시간도 외면하고 모습을 바꾸잖아 해변에서 불꽃
이 터지는데 물에서는 꽃이 터지지 않는다는 게 이상했어
사람들은 서로를 물가로 밀어 넣으려 하고 그런 게 재미있
다는 듯이 웃음이 잦아들지 않았지

네가 내 말투로 입을 열었을 때 나는 남반구에 위치한
어느 숲을 헤매는 여자를 상상했다 유난히 더운 날 애인에
게 버림받은 여자는 숲을 서성이게 되었다고, 애인과 영원
을 약속한 나무 그늘을 찾아 서성이고 있을 거라고……

1인칭이 사라져서 스스로 끝을 예감할 수도 없이 슬프고 슬프고 슬플 수 있다면 제발

언젠가 시간에 대한 영화를 만들겠다는 다짐, 우리를 향한 예언, 앞으로 우리의 사랑하는 일, 버림받을 일, 나는 너의 자식을 낳고 너는 나의 자식을 낳아서 낳고 낳다가 엔딩 부분에서 나는 죽고 너는 나보다 하루를 더 살다 죽는 그런 내용

원의 중심으로부터 퍼지는 파문, 떠오르는 기포, 가라앉는 돌
사람은 좀처럼 떠오르지 않지만

네가 나를 흔들어 깨웠을 때
한밤의 바다는 어둡고 간간이 빛나는 구석에 앉은 사람들, 나는 그곳에 주저앉아
이곳을 잊어야지 이번을 마지막으로 다신 찾아오지 말아야지, 결심을 하는데

너는 무슨 꿈을 꾸었냐고 묻고

사방으로 꽃이 피어나는 환상

날 떠났던 미래가 수면 위에서 갈라지고 있었지

이브

창밖으로 눈이 쏟아지지 않았다 사람들의 기대와는 다르게
그것은 기후의 결과였는데

양말이 넘칠 정도로 편지를 써도 선물은 달라지지 않는다 선물은 부모의 결과였고
편지는 아이의 기대였다 부모에게도 보여 주지 않는 마음이었다

창밖에서 눈이 쏟아지더라도 방 안으로 쏟아질 일은 없었다
그것은 창문의 의지였지만

서로의 의지를 침범할 때가 있다 양말 거는 것을 잊거나 트리를 꾸미지 못하거나
더는 선물을 받지 못하는 나이가 찾아오겠지만

산타가 오지 않는다는 건 변하지 않는다
그것은 세계의 결정이었다

양을 흘리고 있었다, 내가

사실 그러고 싶지 않았는데 그렇게 될 때가 있다 잠들기 바로 직전, 그 순간 무슨 생각을 하다 잠들었는지 윤, 너도 모르겠지

언젠가 목줄에 묶인 개가 스스로 목줄을 끊을 수 있는지에 대해 영과 통화하며 떠들 때 뉴스에선 자신이 죽을 날짜를 예견한 예언가가 제날짜에 맞춰 죽었다는 소식을 전했다

모든 꿈은 현실의 반대이거나 예지몽이라고 선생이 말했다

나와 친구들은 선생의 말에 동의하고 반대하고 의문을 갖다가 이야기가 흘러가고 흘러가고 흘러가다 보면, 시간이란 일정하지 않은 박자에 독백을 얹어서 만든 음악이 아닐까 생각했다 그때 윤은 눈을 반쯤 감은 채로 "갑자기, 갑자기……" 중얼거렸고

원은 문을 제대로 닫은 적이 없었다 그는 세상 누군가와 같은 순간에 문을 닫게 되면 그날에 죽을 거라고 믿었다

나와 겪은 모든 일을 시작 노트에 적는다고 영은 말했었다

어느 날 나는 그것을 훔쳐 하나씩 읽어 나갔다

'너는 또 어제를 흘렸다. 네가 어제를 흘리면

나는 애완견을 산책시킬 때처럼 그저 주워 담았다.

이마가 바라보는 쪽으로 달이 떠오르는 밤이었다. 잔뜩 취한 너는 벌레 떼가 팔을 물어뜯는 것 같다고 울먹였다.

나는 너의 집을 찾지 못해서 너의 애인에게 전화를 걸어 방향을 물었다. 어둠 속에서 너는 번쩍거리는 현기증을 첫눈으로 착각하기도 했다. 유년에 본 무성영화의 한 장면 같다고 했다.

너는 언제나 어제를 흘렸다. 어제를 기억하지 못했다.

나는 너의 귀보다 목을 더 사랑해서, 내게 어떠한 과거라도 속삭여 주길 바랐지만

너는 또 어제를 흘리고

그리고 어제가 될

오늘도.'

윤과 영, 너희의 이름 사이에서 나는 갑자기, 같은 걸 믿지 않는다

동시에 안과 밖이 되고 싶다고, 내가 닫은 문을 열어 놓으며 원이 말했고

윤은 소수의 규칙을 알아내고 싶어 했다 숫자는 완전한 기호이며 그중에서도 완벽한 건 소수라고 믿으면서. 윤이 책상 앞에서 수(數)에 몰두하는 동안 나는 그 방에서 존재해야 하는 건 숫자와 윤, 둘뿐이어야 한다고 믿어서 기척을 지우고 조용히 방을 빠져나온 날이 있었다

정리가 안 된 것처럼 보여도 질서는 존재한다는 것
구(球)에 대한 비밀을 알고 싶다

우주를 떠올리면
거대한 구슬 밖에서 나를 관찰하는 누군가가 떠오르고

"치매 환자의 마지막 기억이 잠들기 위해 양을 세는 것

이라면, 그 환자의 머릿속에는 얼마나 많은 기억들이 모여 양 떼를 이루고 있을까. 양 한 마리, 두 마리, 열세 마리, 백 스물네 마리…… 양들은 이리저리 떠돌다가 누군가의 머릿속으로 들어가 타인의 기억이 될 거야."

그 순간이 데자뷰구나, 원의 말을 들은 영이 대답했다

우리는 우리가 양을 흘리거나 풀어놓게 될 일이 없을 거라고 믿었는데

웃는다는 건 입술을 휘어지게 만든다는 것

운다는 건 귀를 거칠게 만든다는 것

우리는 지금 죽음 이전, 이라는 시간에 살고 있다고 선생이 말했다

"죽음 과정에서 사람은 몸이 뒤집히게 됩니다. 어떤 이는 물구나무를 선 채 걸어 다니게 될 수도, 어떤 이는 천장에 앉아 생활하게 될 수도 있습니다."

나와 친구들은 선생의 말에 동의하고 반대하고 의문을 갖다가 이야기가 흘러가고 흘러가고 흘러가게 되었는데, 문득 나는 선생이 죽음 이후에 대해선 언급하지 않았다는

것을 깨달았다 그때 윤도 그 사실을 눈치채고 있었을까,

묻진 않았지만

윤과 함께 있으면 혼란스러울 때가 많았다 내가 초겨울
이라 말했는데 윤이 늦가을이라고 고쳐 말했을 때, 계절의
속도를 가늠하지 못했다고 생각되자 그것이 사적인 불행이
라고 느꼈고 나는 내가 불행한 이유를 속도에서 찾기 시작
했다

도형과 숫자, 그것은 언어의 다른 이름

규칙을 깨닫는다면
모든 것을 다른 것으로 치환할 수 있다는 믿음

그 많던 나열은 모두 어디로 굴러간 걸까

어릴 적에 나와 원이 우리 키보다 세 뼘 높은 골목을 세
상의 전부라고 이해했을 때, 그곳을 뛰어다니다 골목의 여

러 갈림길을 마주하게 되었다 원은 한 갈래로 달려가며 이
곳으로 빠지자, 말했고 나는 원을 따라 달리며 정말로 깊
숙한 밑바닥으로 빠지고 있는 듯한 기분이 들었다

어느 종이는 찢어져서 영이 뭐라고 적었는지 온전히 알
수 없었다

'……꿈속에서 만난다는 건 현실의 절반을 차지한다는
것.'

윤과 허름한 술집에서 언어와 숫자의 차이점에 대해 떠
들던 중 우리는 앞뒤 맞지 않는 대화를 나누기 시작했다
그런 대화를 하고 나면 이상하게도 무슨 말을 하고 들었는
지, 어떤 마음이었는지 기억나지 않고 윤의 표정과 손짓만
떠올랐다 표정과 손짓, 그 선들이 그날 밤 꿈을 가득 채울
거라는 걸 알고 있다

너, 영을 사랑하지?

나는 윤에게 단발머리를 좋아한다고 말한 적이 있었다

윤은 긴 머리였고

영, 너를 단발이라고 여기기엔 조금은 길겠지만

왜 나는 한 번도 그런 구분을 명확히 하지 못했을까

구분하고 싶지 않은 건지도 모르지만

대답을 해야 하고

대답을 하기 전에 다음 장면을 예상해야 하고

하지만 나는 여전히 구분하지 못한 채로

언젠가는 이 장면도 흘리게 될까, 생각하는 동안

윤의 얼굴 위에서 선과 선이 만나고 헤어지는 모습을 바라보았다

윤, 나는 그렇지 않아 사랑이라는 단어는 부를수록 멀어지는 힘을 가진 게 아닐까 영은 그 척력을 우연이라고 말했지만 나는 잘 모르겠어 네 말대로 나는 조금 미쳐 있어서, 네가 그 말을 하지 않았으면 좋겠지만, 멍청해서 나는 잘 모르겠고 알 수 없어서 그냥 우울하기만 해 한번은 우울증이라는 병명은 번역이 잘못된 거라고, 무기력에 가깝다고 해야 하지 않았을까 아무것도 하지 않는 포즈(pose)도 아무것도 하지 않는 어떤 행위를 하고 있는 거라고 네가 말해 줬으면 좋겠다 때때로 우연과 운명을 헷갈리기도 해 미안, 정신 사납지? 너는 내게서 멀어지는 척력일까? 사실 이 말을 하려고 했어

꿈과 시간, 그것은 우주와 같은 획수

세상이 멸망할 거라는 예언가들은 모두 죽었거나 죽을 운명을 기다리고 있었다

새벽의 버스는 첫차 시간에 오차 없이 들어오는데

개가 목줄을 끊고 달아나듯이
그것이 가능하다면

영에게 있어 시작 노트는 가장 사적인 물건, 나는 그것을 훔쳤는데
이것을 읽는 게 정말 영이라는 사람과 가까워지는 방법일까, 그런 생각을 할 때 나는 애매해진다
'처음부터 저수지에 가려고 한 건 아니었고 그저 버스를 타고 가다가 갈 수 있는 곳까지 가 보자, 해서 저수지에 도착한 날이었다.
그곳에서 우리는 고민 끝에 출입 금지 구역에 들어가게

되었다. 왜 여길 막아 놓은 걸까? 감시하는 사람이 있을까? 죽진 않을 거야, 그치? 그렇게 질문만 늘어놓는 동안 누구도 우리를 찾지 않았다. 그게 조금은 안심이 되고, 언덕 중턱에 있는 무덤은 우리를 불안하게 만들고. 너는 미세하게 손을 떨고 있었는데 두려워하고 있던 걸까? 나는 묻고 싶었지만 그 질문이 너를 더 두렵게 할까 봐 묻지 못했다. 한참을 나아가다가 결국 길의 끝에 도달하게 되었는데

그곳엔 아무것도 없었고 우리는 저수지의 완전한 전체를 확인할 수 있었다.

그렇구나 이것을 보지 못하게 막으려는 거였어, 네가 말했다.'

누군가를 만나는 것이 꿈의 전부를 차지하는 건 아니라고 믿는다

믿고 싶다

이해하거나 저항해도 뒤따라오는 불가항의 장면들

나는 다음 장면을 알기 위해 예지하기를 멈추지 않을 것이고

윤, 너와 나를 제외한 세상 모든 사람이 동시에 문을 닫고, 우리는 소수 그 자체가 되면서, 알지 못하던 모든 규칙을 깨달은 듯이

너는 숫자를, 나는 언어를 어느 도형 위에 남기더라도

이 순간이 꿈일 거라고 누구도 말하지 않겠지만

양을 흘리고 있었다
내가
너와
우리가 모르는 모든 사람들이

불가항력 이후, 예지하기를 멈추지 않을 것

박상수(시인, 문학평론가)

1 주목할 만한 신인의 등장

양안다의 시를 읽다 보면 전망 없는 세계에서 오직 사랑밖에 나눌 것이 없는 비극적 연인이 등장하는 꿈을 꾸거나 혹은 그런 영화를 본 듯 슬픈 기분에 사로잡히게 된다. 내용은 흐릿하지만 이상하게 여운이 오래 남아서 한동안 아무 일도 못할 것 같은 마음. 그의 문장과 어조는 낭만적이면서도 유려하고, 세련되면서도 아늑하게 깊다. '느리게 휘감아 오는 사랑, 그리고 슬픔과 공허'라고 불러도 좋을 이 감정에 대해 "이건 꿈이야.", "영화인데 뭘."이라고 말할 수 있다는 것은 어쩜 다행스러운 일인지 모른다. 하지만 우리가 지금 정말로 영화의 바깥, 즉 현실에 존재하는 것이 맞을까 자문하기 시작하면 서늘함은 지워지지 않는다. 극장을 나왔지만 여전히 출입구를 찾지 못한 느낌. 저 멀리 우리를 둘러싼 세계는 지금도 무너지고 있고, 연인들은 손을 잡고 돌아다녀 보지만 아무것도 보이지 않는다.

"손목을 그으려고 했어, 그런 말을 쉽게 하게 되고// 폭우 속에서 걷는 연인을 바라보며 그들이 대화를 상상해 보는 일// 그러나 우리는 우리가 어디로 가는지도 모"(「장미 성운」)른다고 말하는 어떤 목소리. 폭우에 어느덧 몸이 지워지기 시작한다. 부서지는 슬픔 속에서 연인들은 서로에게 속삭인다. 나를 놓지 마. 응, 너도 나를 잊으면 안 돼. 그런데, 그런데 말이야, 우리에게 미래가 있을까⋯⋯. 2014년에 등단하여 이미 『작은 미래의 책』(현대문학, 2018)으로 참신한 문학적 역량을 선보인 바 있는 양안다의 실질적인 첫 번째 시집. 양안다의 언어에 매혹당하여 이 시집을 기다린 독자들이 많을 것이다. 이미 느꼈겠지만 양안다의 문장은 절대로 상대를 앞질러 가는 법이 없다. 그는 상대의 말과 행동 하나하나에 섬세하게 주의를 기울인다. 마치 세상에서 가장 민감한 감응력을 가진 사람처럼 상대에게 자기 몸의 리듬을 맞춰 나가다가 어느 순간 고유한 리듬으로 상대의 호흡을 다독인다. 눈앞에 어떤 일이 벌어져도, 또 어떤 사람이 나타나도 커다란 고무공을 받아안듯 품어 줄 것 같은 양안다의 리듬감과 감수성은 고통을 말할 때조차도 그의 시를 사랑하지 않을 수 없도록 만든다. 지금부터 우리는 바로 그가 만들어 낸 신비롭고, 비극적이지만 아름다운 세계 안으로 들어가게 된다.

2 영화 속에 있는 것 같은 비현실감

양안다의 시를 향유하기 위해서라면 '극장이라는 공간'과 '영화라는 가상'에 대해 이야기하지 않을 도리가 있을까? 둘에 대한 양안다의 애호는 이미 등단작인 「공원을 떠도는 개의 눈빛은 누가 기록하나」에서부터 증명된 바 있다. "카메라 렌즈가 인간의 눈을 본떠 만들었다면 배우의 삶을 어디까지 보여 줄 수 있을까 누구도 저 배우가 이 세계의 주연이라고 생각하지 않는다 배우는 스크린 너머로 벗어나지 못하고// 오를레앙, 마르세유 같은 도시 이름을 외운다가 본 적 없는 도시를 있다고 믿으면서"(「공원을 떠도는 개의 눈빛은 누가 기록하나」)와 같은 구절들을 좇다 보면 분명 현실인 줄 알았는데 기이하게 비틀리며 환영과 겹쳐지는 세계를 만난다. 영화와 현실, 존재와 (불)가능, 믿음과 가상, 어둠과 빛의 세계는 '너와 나의 흐릿한 존재감'을 중심으로 특유의 사유와 리듬 안에서 아름답게 교직된다. 사람들은 자신이 주인공인 줄 알고 있지만 조연에 불과하며 지금 현실이 실재하는 줄 알고 있지만 실은 영화적 가상에 불과하다는 인식, 그런 세계에 시적 화자 또한 예외 없이 속해 있다는 이 메타적인 감각을 '영화를 보고 나왔지만 여전히 영화 속에 있는 것 같은 비현실감'이라고 불러 본다면 어떨까. 양안다는 설명할 수 없는 비현실감 안에서 풍경을 만나고 연인의 말에 감응하거나 모호한 사건들과 접속한다. 등단작 이후 양안다 감각의 핵심이라고 할 수 있는 '영화 속에 있는 것 같은 비현실감'은 점점 더 짙어졌던 것 같다.

극장은 완벽했다 완벽하다고, 느꼈다 왜 그렇게 생각하느냐고 묻는다면 극장은 정사각형의 관 같다고 해야지 벌린 입이 다물어지지 않도록…… 그래서 그렇게 말했고

순간 애인을 떠올리는 표정으로

(……)

상영 중에 극장의 모든 좌석을 세어 볼 수는 없지만
지금 당장 운석이 떨어지거나 아무도 눈치채지 못하게 내가 너의 목을 조르더라도 영화는 끝나지 않겠지, 그게

미래라고
　　　　　　　　　　　　　　　　　　—「비대칭 비행」부분

극장이 완벽하게 느껴지는 이유가 '정사각형의 관' 같아

서 그렇다는 시적 화자의 단정적인 어조는 말의 잠재성을 풍부하게 넓혀 가는 양안다 문장의 특성상 예외적으로 느껴지는 것이 사실이다. 그만큼 인용 시에서는 극장이라는 공간의 비극성이 강하다는 말인데 바로 그러한 순간에 "애인을 떠올리는" 도약은 양안다의 세계 안에서 '사랑'이 마지막 희망의 자리에 놓여 있음을 짐작하게 한다. 그러나 희망이 가로막히게 되는 이유는 운석이 떨어져 세상이 멸망하거나 연인의 목을 조르는 극단적인 일이 일어나더라도 연인이 보고 있는 영화, 더 나아가 지금 (자신을 포함한) 이 연인이 등장하는 영화가 끝나지 않을 거라는 인식 때문이다.

멸망이 멸망으로 끝난다면 차라리 행복할지도 모른다. 존재의 소멸과 함께 모든 불안과 고통은 사라지는 것이니까. 그런데 멸망이 끝나지 않고 현재형으로 반복되거나 지속된다면 그것은 더욱 기이하면서도 무서운 일이 된다. 죽어 가는 과정의 고통이 반쯤 현실인 듯 또 반쯤은 영화인 듯 아득하게 지속되는 세계라니. 애인의 목을 조르더라도 파국으로 끝나지 않고 영화처럼 이어지는 세계라니. 자기 감정에 최선을 다하는 인물을 지켜보는 관람객이 지금 이 세계의 바깥에 존재함을 상상하는 순간 우리의 진지한 삶은 정해진 결말을 향해 달려가는, 한낱 구경거리로 전락할지도 모른다. 이 순간 시적 화자의 행동 역시 어쩐지 사건과의 강한 결속감에서 분리되어 이상한 상실감과 무력감으로 귀결되기도 한다. 한 걸음만 걸어 나가면 영화 바깥인데 그걸 알면서도 벗어날 수가 없다. 사태가 이렇다면 우리는 어떻게 자신의 감정을 진짜로 받아들이며 누군가를 애틋하게 만날 수 있을까. 모든 것이 한바탕 꿈이거나 영화에 불과할 수도 있는데. 양안다가 만들어 내는 풍경들은 우리 삶의 실감을 지우고 감각의 착란을 유도하며 '비현실감' 안에서 이처럼 모호하고 불안하게 흔들린다.

3 이인증(離人症)의 세계

하지만 이와 같은 해석은 양안다 시의 표층만을 건드린 것인지도 모른다. 양안다의 시 세계를 더 깊이 이해하기 위해 이인증(離人症)이라는 개념을 가져와 보면 어떨까. "이인증상이란 현실감을 잃은 상태로, 자신에게 일어나는 현상은 물론이고 보고 듣는 모든 것을 남의 일처럼 데면데면 느끼는 것이다. 자신의 일을 마치 영화나 슬라이드를 보거나 타인의 일을 멀거니 바라보는 듯이 느낀다. 슬프다, 화난다, 행복하다, 괴롭다 등등 말로는 알지만 그 내용을 실감하지 못한다. 물론 자기 안에서 감정이 끓어오르는 일도 없다. 이것을 감정표현 불능증(실감정증)이라고 말한다."*라는 설명에 기대어보자면 양안다의 시적 화자는 그야말로

* 이즈미야 간지, 『뿔을 가지고 살 권리』, 박재현 옮김(레드스톤, 2016), 106쪽.

상시적인 '이인증'을 앓고 있다고 볼 수 있다. 물론 개념의 적용은 시 해석을 위한 징검돌일 뿐, 시는 언제나 단순한 증상 이상으로 더 멀리, 더 풍부하게 확산한다는 것을 기억할 필요가 있겠다.

자신의 일을 영화나 슬라이드 필름을 보듯 바라보는 이인증이 '행동하는 나'와 '관찰하는 나'의 구별을 전제로 작동한다는 사실에 주목해 보자. 기본적으로 이인증이란 감당하지 못할 트라우마적 상황에 노출된 인간이 자신을 방어하기 위해 작동하는 뇌의 방어기제인 것이어서, 예를 들어 강도를 당했을 때 어쩐지 육체에서 영혼이 분리되어 강도당해 바닥에 쓰러져 있는 자신의 몸을 지켜보는 듯한 환각에 빠져드는 것처럼 '행동하는 나'와 '관찰하는 나'를 분리함으로써 트라우마적인 고통에서 자신을 보호하는 역할을 한다는 것이다.*

나는 나일 거라고, 추측으로 결론이 나 버려 그게 사실일 것 같아서 너무 무섭고 너무 우울하다 지금 보니 너는 꼭 영화 속 주인공처럼 생각하는 버릇이 있는 것 같다 모든 슬픔이나 아픔이 너를 주목한다고 생각하잖아 추측은 그만하자 우린 어제 소풍을 다녀왔잖아 초원에 앉아 지평선을 보며 사랑이 무엇인지 알게 되었잖아 네가 날 미친놈이라고, 멍청하다고

* 김청송,『사례 중심의 이상심리학(DSM-5)』(싸이북스, 2016), 381쪽.

하면서 그런 나한테 사랑을 느끼라는 거야? 너 정말 이상하다 어제 그 초원이 안 떠오른다고? 나한테 소리친 것도? 나한테 왜 빵을 싸 왔냐고 물었잖아 네가 녹을 것처럼 울었잖아 너는 정말 너인 것처럼 말을 하는구나 너랑 소풍 간 애가 내가 아닐 텐데, 지금 너는 잔디처럼 흔들리고 있는데……

—「자각몽」에서

모두 인용하지는 못하였지만 인용 시의 초반부에서 한 쌍의 연인은 '꿈속에서' 같이 소풍을 간다. 꿈에서 여행을 간다는 설정도 독특하지만 더 인상적인 것은 시적 화자가 '떡'을 좋아하는데 꿈속 소풍에서 그걸 잘 아는 애인이 이상하게도 '빵'을 싸 오는 바람에 싸우고야 말았다는 점이다. 이 부조리한 꿈-이야기, 또는 상황극이 흥미로운 것은 시적 화자의 감정이 가장 무겁고 진지해지려고 할 때 애인이 개입하여 감정을 중화시키기 때문이다. 무섭고 우울하다는 시적 화자의 말에 "지금 너는 꼭 영화 속 주인공처럼 생각하는 버릇이 있는 것 같다"고 주의를 주며 메타적 인식을 유도하고 감정의 몰입을 방해한다. 이때의 애인은 어쩐지 사건의 실체(사랑에 내재한 필연적인 균열과 고통)를 고스란히 감당하려는 시적 화자를 밖으로 끄집어내 보호하려는, 화자의 또 다른 분신 역할을 하는 것처럼 보인다. 이렇게 되면 '표면적인 수치심'이 '심층적인 사랑의 고통'을 대체하게 된다.

아이러니한 것은 애인의 또 다른 추궁이다. 꿈속 소풍에서 시적 화자가 자신에게 소리치며 왜 빵을 안 싸왔냐고 물으면서 "녹을 것처럼 울었"는데, 그걸 인정하라고 따지는 대목 말이다. 그러니까 꿈 바깥에서 영화 이야기를 꺼내 시적 화자의 감정적 몰입을 방해하던 애인이 오히려 꿈 안에서는 감정적으로 격렬했던 것을 왜 인정하지 않느냐고 추궁하는 상반된 상황을 연출하고 있는 것이다. 이번에는 시적 화자가 "너는 정말 너인 것처럼 말을 하는구나 너랑 소풍 간 애가 내가 아닐 텐데"라고 말하며 애인이 말하는 꿈속 인물이 결코 자신이 아님을 항변함으로써 '녹을 것처럼 울었던' 자신의 행위를 결과적으로 부정하기에 이른다. 부끄러운 행동과 고통스러웠던 상황을 부인하고 거기서 물러나 '관찰자의 위치'에 자신을 위치시키면서 스스로를 보호하는 것이다.

이렇듯 '분리'와 '자리 이동'을 통해 양안다의 시적 화자는 '행동하는 나'와 '관찰하는 나'를 분리시키고, 특히 후자의 위치로 자신을 이동시킨다. '관찰하는 나'로의 이동은 일차적으로 사유의 틈을 확보하면서 상대의 말을 약화시키고 사건이 빚어내는 실질적 영향력을 감산시킨다. 이 순간 일종의 시적 전환이 일어난다. 양안다는 분리와 이동을 통해 정면 대결을 피하고, 미끄러지면서 특유의 유려한 리듬감을 확보한다. 이는 존재와 세계가 주는 공포를 자기 호흡 안에서 능숙하게 제어하는 기술이다. 뿐만 아니라 이제 시간과 공간을 확보하면서 상대가 무심코 던진 일상적인 말도 매력적인 시적 사유로 도약시키면서, 감정을 보존하면서도 격리시키는 이중의 작업을 수행함으로써 너무 슬픈데도 이상하게 모든 것이 텅 비고 허무한 것처럼 느껴지는 특유의 분위기를 생산해 낸다. 더 나아가 관찰자의 자리에서 행동하는 나를 지켜보며 메타적 인식을 경험했기 때문에 지금 이렇게 생각하는 자신을 또 어떤 이상한 존재가 관람하고 있을지도 모른다는 자연스러운 상상도 불러 낸다. 결론적으로 '자신에게 낯선 이방인이 되는 분리 현상'이 실은 양안다의 상상력과 시적 개성이 발생하는 근원이라고도 말할 수 있겠다. '영화 속에 있는 것 같은 비현실감'은 그래서 양안다의 선명한 인장(印章)이 된다.

이번 시집의 소제목과 연관지어 설명하면 이렇게도 말할 수 있을 것이다. 여기 고통스럽고 슬픈 일이 일어났다. 이것을 되돌리거나 이해하고 이것에 저항해 보려 노력하지만 어떻게 해도 벗어날 수 없음을 알게 되는 순간이 찾아온다. 이때 시적 화자는 자기도 모르게 유체이탈을 하듯 상황에서 해리되면서 가상과 현실이 겹쳐지는 기이한 '중간지대'를 창조한다. 자신을 보호하면서 타인과 현실의 파괴적 힘을 정지시키고 뻔한 인과율의 세계에 느슨하게 개입하여 틈을 만들어내는 환상이자 흥미로운 시적 전환이다. 이것이 바로 중요한 포인트이다.

예를 들어 ①"'날 사랑하니?'// 너의 입모양이 보이는데 목소리가 들리지 않았다 너는 너의 존재를 확인하려 자꾸 내게 물었다 너의 입술이 흐려지고 있었다// 정신을 차리고 나면 한낮이었다// 너는 사라지고 없는데 어디선가 너의 질문이 계속 들렸다"(「이명」)라든지 ②"네가 열어 두고 간 창문으로 눈 내리는 장면을 본다 어떤 남자와 여자가 서 있고 다투는 소리를 듣는다// 창가엔 어떤 발자국도 남아 있지 않았다"(「1층에서 상영되는 모든 영화」), 혹은 ③"어젯밤에는 네가 이 나무 밑에 묻혀 있는 꿈을 꿨다고/ 그곳에서 꺼내 달라며 내게 부탁했다고, 너는 내 꿈을 징조라고 생각했지만// 문득 저 멀리에서 납작한 새와 날아다니는 쥐를 봤는데 그건 확실히 그럴 수 없는 일이었고, 아마도 지금은/ 백일몽을 꾸는 중이라고/ 두 눈을 시퍼렇게 뜬 채로"(「불가항력」)와 같은 구절들을 보자.

차례로 ①'사랑의 요구 ─ 모호하고 흐려지는 풍경 ─ 분리되어 관찰하는 나', ②'연인의 다툼과 불화 ─ 흔적도 없는 사라짐 ─ 남은 흔적을 담담히 관찰하는 나', ③'애인이 나무 밑에 묻혀서 구해 달라고 요청 ─ 불확실하고 이상한 풍경의 겹침 ─ 관찰자로 남아 눈 뜨고 백일몽을 꾸는 중이라는 메타적 자각'으로 정리할 수 있다. 그러니까 '비극적 사건의 발생 ─ 그것을 해결하려는 반응의 출현 ─ 갈등의 심화 ─ 사건의 변주와 확장 ─ 새로의 의미의 출현'이라는 서사의 구조가 아니라 '사건의 발생 ─ 이해하려는 노력 ─ 그것의 불가능함에 대한 자각 ─ 무의식

적인 분리와 자리 이동 —— 영화 속에 있는 것 같은 비현실
감의 발생 —— 사건의 잠재성을 다른 방향으로 개방해 보려
는 노력 —— 슬프고 매력적인 중간지대의 탄생'이라는 독특
한 개성이 출현하는 것이다.

4 현실의 공허, 미래의 파국, 그리고 순진무구한 희생양

　물론 양안다의 이러한 세계 인식이 유일하다고 말할 수
는 없을 것이다. 양안다의 시 세계에 일부 기시감이 느껴진
다면 황인찬이나 송승언과 같이 미래에 대한 기대가 사라
져 버린 시대의 무기력과 희미한 전능감을 선보였던 시인
들을 우리가 이미 경험했기 때문이다. 이들은 아무리 발버
둥을 쳐도 더 나은 미래를 기대할 수 없기에 어느덧 내재
화되어 버린 무력감에 시달리는 존재의 현실을 독특한 문
학적 개성으로 형상화해 낸 바 있다. 'A 뒤에는 아무것도
없다' 혹은 '아무것도 하지 않는 것의 전능감'은 이들 시인
이 찾아낸 현실의 모습이자 더 이상의 몰락을 막는 아름
다운 가상이기도 하였다. 물론 이 짧은 요약으로 현실에
응전하였던 이들의 수고까지 다 담아낼 수는 없는 일이지
만 양안다는 바로 이러한 시인들의 계보 안에서 공통된 세
계관을 공유하면서 시를 써 나가되 '영화 속에 있는 것 같
은 비현실감'을 바탕으로 '자신에게 낯선 이방인이 되는 분

리 현상', 그리고 '행동하는 나에서 관찰하는 나로의 이동'을 통해 현실을 해석하고 현실에 개입하여 끊임없이 '틈'을 만들어 내고, 그만의 독자적인 세계를 구축하였다. 만약 양안다의 시가 앞으로 더 많은 사람들의 사랑을 받을 수 있게 된다면 이것은 분명 우리 시대의 존재론과 세계 인식의 공통 감각을 자기도 모르게 포착하여 담아냈기 때문이라고 말할 수 있을 것이다.

양안다의 작품 속 등장인물은 대체로 '나'와 '너' 두 명이고, 이들은 연인 관계로 보이며, 그 밖의 타인과, 공동체와, 사회와, 국가의 감각이 없이 바로 '세계'와 직접 접속하는 특징을 보인다는 점도 중요하다. 이것은 우리 시대 어떤 젊은 시인들이 공통적으로 공유하는 특징이기도 하다. 또한 앞서 이인증이 트라우마적 상황에서 스스로를 보호하기 위한 작용일 수 있다고 해석한 바 있는데, 양안다의 시에서 그 트라우마적 상황을 '사랑의 지속성에 대한 불안'과 '사랑에 내재한 어긋남의 공포'로만 설명하기에는 무리가 있음에 대해서도 조금 더 말해야 할 것 같다. '사랑의 실패'에는 이 실패를 더욱 극적으로 부각시키는 보다 근원적인 불안이 내재되어 있음을 짚어야 한다는 말인데 그것은 바로 '현실의 텅 비어 있음'과 '미래에 대한 두려움'이다.

너는 계속 입김을 뱉으며 바람이 어는 중이라고 말했다 나

는 어둠이 어는 거라고 말했지만 증명할 수 없었다

  높은 곳에도 빛은 없었다 굶주린 짐승이 입을 벌리듯 너는
두 눈을 크게 떴다 어쩌다 빛을 보려고 여기까지 온 걸까

  이곳은 수달이 헤엄치는 곳입니다, 푯말이 있었지만 수달은
보이지 않았다 이곳엔 밤이랑 추위만 있나 봐 이것을 알려고
너무 멀리 와 버렸어

  네가 그런 말을 할 때 취객처럼 버스가 오고 있었다 너의
눈보다 빛나는 전조등이 우리를 비췄다 심장에서 먼 곳부터
환해지기 시작했다

—「야행」에서

양안다의 시를 읽으며 느끼게 되는 가장 지배적인 감정
중의 하나는 그의 인물들이 뭔가 실제로 살아 있는 느낌을
갖지 못한다는 점일 터이다. '영화 속에 있는 것 같은 비현
실감'은 사실 '살아 있다는 실감이 잘 안 드는 상태'에 대한
양안다 식의 문학적 번역이기도 하다. 모험이 불가능한 삶
에서는 일상의 작은 순간들이 어떤 식으로든 의미 있어야
우리는 삶을 견디고 현재를 자기 경험에 통합하면서 온전
히 살아갈 수 있다. 그런데 양안다의 시에는 그런 것이 등
장하더라도 이내 비현실감 속에서 아득하게 흩어진다. 아

무리 노력해도 작은 성공의 기회마저 경험할 수 없고, 의미 있는 인생의 드라마는 영화에서나 가능하며, 결과적으로 계층 이동이 불가능에 가까워지는 우리 시대에 어쩌면 마지막 위안이 바로 '작지만 확실한 행복(소확행, 小確幸)'일 텐데, 양안다의 시에서는 그것마저 위로가 되지 않는 셈이다. 이러한 맥락에서 인용 시는 양안다 시적 화자가 무엇을 트라우마적 상황으로 인식하는지에 대한 힌트 하나를 우리에게 던져 준다.

어느 겨울밤, 연인들은 추운 공원을 방문한 것 같다. "바람이 어는 것 같은 밤", "어둠이 어는 것 같은 밤"이란 얼마나 투명하게 아름다우면서도 쓸쓸한 말인가. 이들이 여기에 온 것은 처음부터 특별한 무언가를 보기 위해서라기보다는 다분히 우연에 기댄 것 같다. 너무 춥고 어두워서 빛나는 걸 보기 위해 이들은 높은 곳을 향해 걷기 시작한다. "어쩌다 빛을 보려고 여기까지 온 걸까"라는 속삭임이 만들어 내는 분위기란 아득하고도 서럽지만 동시에 이 어둠 속에 오직 둘만 존재하는 것 같은 내밀한 기쁨 속의 그것이기도 하다. 그럼에도 결국 빛의 육화, 혹은 빛의 구체적 유비라고도 설명할 수 있을 '수달'을 발견하지 못했을 때, 그만 "이곳엔 밤이랑 추위만 있나 봐 이것을 알리려고 너무 멀리 와 버렸어"라고 말하는 마음이란 허무에 가깝다. 원래부터 기대는 없었지만 우연히 뭔가를 기대하게 되었고, 그러나 그 작은 기대마저 배반당하고 마는 현실. 이렇듯 양안다의 작품 속에서 현실이란 텅 비어 있고, 구체적 실체가 없으며, 그래서 실감도 사라지고, 소박한 작은 기대는 늘 배반될 뿐, 오직 어둠과 추위만이 존재하는 감각으로 그려짐에 유의할 필요가 있다. 인용 시의 마지막은 먼 곳에서 전조등을 밝힌 버스가 환하게 다가오는 것으로 끝나지만 이런 기대와 희망은 이번 시집에서는 거의 드문 경우에 해당한다.

예를 들어 시집의 마지막 작품 「양을 흘리고 있었다, 내가」에서도 유사한 상황이 등장하는데 "그곳에서 우리는 고민 끝에 출입 금지 구역에 들어가게 되었다. 왜 여길 막아놓은 걸까? 감시하는 사람이 있을까? 죽진 않을 거야, 그치? (……)/ 그곳엔 아무것도 없었고 우리는 저수지의 완전한 전체를 확인할 수 있었다./ 그렇구나 이것을 보지 못하게 막으려는 거였어"라는 구절을 같이 읽자면 결국 양안다의 시적 화자가 갖고 있는 현실에 대한 이미지는 그야말로 '작은 기대조차 충족되지 않는, 아무것도 없는 공허'임을 다시 한번 확인할 수 있다. 여기에 '미래'에 대한 이미지까지 더하여 살필 때, 양안다의 시적 화자가 말하는 '사랑의 실패'는 보다 근본적인 비극에 가까워짐을 더 잘 이해할 수 있게 된다,

너와 미래를 이야기한다는 것 우리는 언제나 밤에 대화를 나누었지만 미래를 떠올리면 어둠보다 환한 빛이 떠오르지 과

거라는 게 존재하지 않았다는 듯이 침대에 누운 채 눈을 감
거나 서로의 눈을 감겨 주겠지 서로의 미래가 놀랍도록 닮았
다는 걸 알게 되면 나는 너에게서 어떤 슬픔이 무너져 내리
는 것을 보고 너도 나에게서 같은 것을 보게 될 거야 네가 바
다를 보고 싶다고 말하면 나는 너의 귓가에 속삭이고 잔잔한
파도 소리, 따갑지 않은 햇빛, 움켜쥔 주먹 사이로 흘러내리는
모래알 너는 해변에 무언가를 적겠지만 내게 보여 주지 않고
우리는 음악에 가까워지겠지 어쩌면 필름이 더 잘 어울릴지
도 모르지만 무엇으로든 불려도 좋을 거야 이름을 잃고, 장르
를 잃고, 목소리를 잃고, 끝내 마음을 잃었다는 착각을 하게
될 거야 (……) 만약 우리, 미래가 다가오기 전에 마음을 겹칠
수 있다면, 우리가 같은 장르로 묶인다면, 서로의 이름을 소리
내어 불러 본다면, 그때서야 나는 네가 모래 위에 적었던 문
장이 무엇인지 알게 되겠지 안녕, 너는 그곳이 미래인 줄도 모
르고 내게 인사를 건네겠지 빛으로 축조된 성, 그 한가운데에
서서

—「밝은 성」에서

「야행」과 함께 이번 시집에서 가장 슬프고도 아름다운
시편 중 하나로 기억될 만한 인용 시에서 '미래에 대한 감
각'은 인상적으로 형상화된다. 미래를 떠올리면 (포기하기
힘든 기대 때문에) 환한 빛이 떠오르지만, 애인과 함께 서로
의 미래가 닮았다는 것을 알게 되자 시적 화자는 이상하게

도 무너져 내리는 슬픔에 빠져든다. 왜 미래만 생각하면 이름을 잃고, 장르를 잃고, 목소리를 잃고, 끝내 마음마저 잃었다는 착각을 하게 되는 걸까. 결론부터 말하자면 사랑의 비극성을 더욱 순도 높게 강화시키는 전면적인 절망과 슬픔은 이미 파국에 이른 세계에 대한 감각 때문이며 꽉 막힌 미래의 암담함에서 기인한 것으로 보인다.

"외출했을 때 사방으로 건물들이 붕괴되어 있었다// 징조도 없이"(「If we live together」), "알 수 없다고 말했다 알 수 없는 일이 가득해서 알 수 없다는 말을 영원히 되풀이하면 나는 내가 누군지조차 알 수 없게 되어 버릴지도 모르지// 흑막이 흔들거린다"(「크로스 라이트」), "이미 늦어 버렸어 이제 모든 축제가 끝나 버릴 거야 8월도 모두 가 버리겠지 정말로"(「어쩌면 8월」), "너의 길고 흰 손가락이 펼쳐지는 걸 보면 나는 프리즘이 떠오르고 미래가 아득하게 멀어져서 호흡이 가빠졌다"(「워터프루프」)와 같은 구절들 또한 양안다의 시적 화자가 어떤 미래 감각 속에서 지금 현실을 살아가고 있는지 보여 준다. 현재의 바깥, 즉 미래조차도 이미 붕괴되고, 알 수 없으며, 축제가 끝나 버린 감각 속에서 아득하게 인식된다면 이제는 정말로 어쩔 도리가 없는 것이다.

보이지 않는 공기처럼 양안다의 시 전반을 감싸고 있는 이 전면적인 절망감을 기억해야 한다. 우리 시대 젊은 시인들의 작품 배후에 작동하는 이 분위기를 기억할 필요가 있다. 인용 시를 따라 읽으며 가슴이 아픈 이유는 이미 망해 버린 세계에서 마치 유일한 생존자처럼 느껴지는 이 연인들이, 유일한 구원의 가능성은 오직 사랑인 듯 마침내 서로의 팔에 안겨 마음을 확인하는 어떤 순간 때문이 아니라 이미 애인은 나와 분리되어 미래에 도착해 있음을 자각하는 마지막 장면 때문이다. 사랑이 결실을 맺어야 할 순간 돌연 저주의 희생양이라도 된 것처럼 현재와 미래로 갈라져 존재하게 되어 버리는 연인이라니. 시적 화자는 '아무것도 없는 텅 빈 현실'에 남고, 애인은 '무엇도 기대할 수 없는 미래'로 갈라져 분리된다. 이들의 비극성은 자신이 미래에 있는지조차 모르고 시적 화자에게 인사를 건네는 애인의 그 순진무구한 모습에서 정점을 이룬다. 이 연인들이야말로 어떠한 잘못도 없는 무고한 희생자가 아니고 무엇일까. 이들의 사랑은 그래서 순수하고 유일하며 마치 시뮬레이션을 돌리듯 과도하게 반복된다. 결국 이 연애담에는 '사랑의 비극적 속성'뿐만 아니라 '공허한 현재'와 '파국의 미래'가 겹쳐 있어서 우리의 아픔은 도리 없이 배가되고야 만다.

5 불가항력 이후

아마도 이 모든 것을 '불가항력'이라고 말할 수 있으리라.

그러니까 양안다의 시적 화자가 말하는 '불가항력'은 과장된 수사가 아니라 아무런 과장 없는, 솔직한 현실감각일 수 있는 것이다. 우리는 생각한다. '죽고 싶다'는 말이 자주 등장하는 이 시집에서 불가항력의 현실을 있는 그대로 수용하게 되면 정말로 죽음에서 도망가지는 못할 것이다. 그럴 때 차라리 "죽고 싶을 때는 꿈속에서 오랫동안 다른 세계에 머물"(「축하해 너의 생일을」)게 되는 일이 필요한 건 아닐까. 즉 양안다의 시적 화자가 창조해 낸 현실과 환상의 중간지대는 꿈인 듯 영화인 듯, 불가항력의 비극에서 자신을 지켜 주는 완충지대의 역할을 하기에 차라리 계속 죽는 꿈을 되풀이하더라도 이 안에 머무는 것이 필요할 수도 있다는 말이다. 영화를 관람하는 극장의 공간감을 지속적으로 발명해 내야 이 비극적 현실에서 보호받고 겨우 숨을 쉴 수가 있다고 할까. "나는 시 쓰고 난 뒤보다 시를 쓰고 있을 때가 좋아. 그리고…… 모르겠어. 행복한 순간들이 많은 거 같아. 작은 거에도 쉽게 좋아하다 보니……"*라는 시인의 목소리가 이채로운 것은 시집에서 보이는 비극성과 상반되는 소소한 것들에 대한 기쁨을 표현하는 대목 때문이지만 시를 쓰고 있는 순간만큼은 비현실감의 공간을 창조할 수 있으며 그 안에서 현실의 영향력을 정지시키고 이

* 양안다·최지인, 「행복한 순간들─시인 양안다를 만나다」, 《시향》 대담 (2017년 가을호), 115쪽.

과율이 지배하는 시간에 혼돈의 틈을 만들어 낼 수 있기 때문이 아닐지 다시 생각해 보게 된다. 이제 우리의 이야기를 정리하며 이런 일을 "양을 흘리"는 일이라고 불러 보면 어떨까.

"치매 환자의 마지막 기억이 잠들기 위해 양을 세는 것이라면, 그 환자의 머릿속에는 얼마나 많은 기억들이 모여 양 떼를 이루고 있을까. 양 한 마리, 두 마리, 열세 마리, 백스물네 마리…… 양들은 이리저리 떠돌다가 누군가의 머릿속으로 들어가 타인의 기억이 될 거야."

그 순간이 데자뷰구나, 원의 말을 들으며 영이 대답했다

우리는 우리가 양을 흘리거나 풀어놓게 될 일이 없을 거라고 믿었는데

(……)

개가 목줄을 끊고 달아나듯이

그것이 가능하다면

(……)

이해하거나 저항해도 뒤따라오는 불가항의 장면들

나는 다음 장면을 알기 위해 예지하기를 멈추지 않을 것

이고

(……)

이 순간이 꿈일 거라고 누구도 말하지 않겠지만

양을 흘리고 있었다
내가
너와
우리가 모르는 모든 사람들이
　　　　　　　　—「양을 흘리고 있었다, 내가」에서

　지금까지 '너'와 '나'만이 존재하던 양안다의 세계는 시
집의 마지막에 실린 시를 통해 조금은 놀라운 단계로 도
약한다. 우리는 '불가항력 이후'를 생각하려는 양안다의 의
지에 주목할 필요가 있다. 잠들기 위해 '양을 센다'는 말은
관용어에 가까운 것이어서 양은 언제나 '잠'과 '꿈'을 떠올
리게 한다. 또한 '잠'과 '꿈'은 양안다에게 영화의 비현실감
과도 연결되는 소재라서 '잠'과 '꿈'과 '영화'로 연결되는 '비
현실감의 중간지대'는 다시 한번 우리 눈앞에 소환된다 오
래 인상에 남는 것은 치매 환자가 마지막으로 세었던 양이
이리저리 떠돌다가 타인의 머릿속에 들어가 데자뷰의 기억
을 만든다는 상상력이다. 흥미롭지만 어디까지나 비현실적

인 상상이어서 시적 화자를 포함한 '우리'가 그런 일의 주인공이 될 리는 없다고 잠정 마무리되는 것은 분명 동의할 만한 소결이다.

그러나 묶인 개가 순간 목줄을 풀고 달아나는 예측 불가능한 일이 일어나기도 하는 것이 이 세계라면, 우리가 양을 '흘리는' 일도 가능할 수 있지 않을까. 우리는 보통 시간을 셈할 수 있는 것으로 인식하며 마치 화폐처럼 저축하기도 하고 낭비하기도 하며 빌려주거나 내달라고 요청하기도 한다. 사실상 시간에 철저하게 구속돼 있다고 할까. 이러한 통념에 틈을 낼 수 있는 방법은 어쩌면 아무런 목표도 없이, 셈도 없이, 무심하게 양을 '흘리는' 일일 수도 있다. 양은 주워 담아져서 정확한 목적지로 운반되는 것이 아니라 마치 실수한 것처럼 흘려져서, 행위 그 자체가 되어서 목적 없이 움직일 수도 있는 것이다. 그러다가 정말 누군가의 머릿속으로 들어간다면? 이보다 더한 일도 가능하리라는 상상이 어색하지 않은 이유는 이 일을 '우리'뿐만 아니라 "우리가 모르는 모든 사람들"이 모두 제각각의 방식으로 수행한다면 이 무수한 경우의 수는 마침내 불가항력을 무너뜨리는 배경이 될 수도 있지 않겠냐는 양안다의 생각과 의지 때문이다.

세계는 어둡고 폭우는 쏟아지지만, 우리는 어쩌면 서로 연결되어 있는지도 모른다. 양안다의 시를 당신이, 그리고 우리가 읽고 있다는 것이 그 증거이다. 우리는 어떻게 이렇게 다른 시간과 공간을 뛰어넘어 같은 마음을 갖게 되는 것일까. 부서졌던 슬픈 마음이 잠시 흔들리며 돌아온다. 그렇다면 계속 상상해야 한다. 불가항력의 비극 앞에서 우리는 살아 있다는 실감도 없이 겨우 존재하고 있지만, 영화관을 나와도 여전히 영화관 안에서 꿈을 꾸고 있는 것처럼 슬프지만, 사랑의 실패와 죽고 싶은 마음속에서도 시를 쓰고 읽으며 계속 더 생각하기를 멈추지 않는다면 파국의 미래, 그 이후가 보일 수도 있지 않을까. 양안다는 바로 이 기대감을 놓지 않고 시집의 마지막에 이르러 가장 아름다운 문장 하나를 적어 놓는다. "다음 장면을 알기 위해 예지하기를 멈추지 않을 것" 이 문장이야말로 양안다를 새로운 세대의 시인으로 자리매김하게 만드는 수행적이고 자기 예언적인 주문이다.

지은이   양안다

1992년 충남 천안 출생. 2014년《현대문학》으로 등단했으며,
시집으로『작은 미래의 책』이 있다. 창작 동인 '뿔'로 활동 중이다.

백야의 소문으로 영원히

1판 1쇄 펴냄 2018년 10월 26일
1판 8쇄 펴냄 2024년 5월 20일

지은이 양안다
발행인 박근섭, 박상준
펴낸곳 (주)민음사

출판등록 1966. 5.19. (제16-490호)
서울특별시 강남구 도산대로1길 62(신사동)
강남출판문화센터 5층 (06027)
대표전화 02-515-2000 / 팩시밀리 02-515-2007
www.minumsa.com

ISBN 978-89-374-0872-4 04810
     978-89-374-0802-1 (세트)

* 이 시집은 서울문화재단 '2017년 첫 책 발간지원사업'의 지원을 받았습니다.

* 잘못 만들어진 책은 구입처에서 교환해 드립니다.

민음의 시

민음의 시
목록